하루

박성원은 1994년 『문학과사회』 가을호에 단편소설 「유서」를 발표하면서 작품 활동을 시작했으며 오늘의 젊은 예술가상, 현대문학상, 현대불교문학상을 받았다. 소설집 『이상(異常) 이상(李箱) 이상(理想)』 『나를 훔쳐라』 『우리는 달려간다』 『도시는 무엇으로 이루어지는가』가 있으며, 이 중 『도시는 무엇으로 이루어지는가』는 일본에서도 번역·출판되었다.

박성원 소설집
하루

초판 1쇄 발행 2012년 8월 8일
초판 4쇄 발행 2015년 10월 12일

지은이 박성원
펴낸이 주일우
펴낸곳 ㈜문학과지성사
등록번호 제1993-000098호
주소 121-894 서울 마포구 잔다리로7길 18(서교동 377-20)
전화 02) 338-7224
팩스 02) 323-4180(편집), 02) 338-7221(영업)
전자우편 moonji@moonji.com
홈페이지 www.moonji.com

ISBN 978-89-320-2323-6

문학과지성사
2012

차례

하루

여자가 간선도로를 빠져나온 시각은 오후 세 시 십구 분이었다. 여자가 몰던 차량이 10킬로미터 남짓한 거리를 지나는 데 한 시간 가까이 걸린 셈이었다. 진입로로 들어섰지만 정체는 여전했다. 연말을 앞두고 있었고, 눈까지 내렸다. 차창으로 천천히 떨어지는 눈송이만큼 차량들은 더디게 움직였다.

여자는 히터를 조금 줄였다. 한 시간 이상 차 안에 갇혀 있던 여자의 입은 사막이라도 된 것처럼 건조했다. 침을 모으려 했지만 납땜이라도 된 것처럼 입술이 무거웠다. 여자는 글로브박스를 열고 물을 찾았지만 글로브박스 안에는 면장갑 한 짝과 늘어난 카세트테이프 그리고 일회용 카메라만 보일 뿐이었다. 여자는 글로브박스를 닫고 운전석 쪽 창문을 조금 열었다. 작은 눈송이와 함께 차가운 바람이 어깨에 닿았다. 여자는 기어를 중립에 놓고 사이드브레이크를 당겼다. 브레이크를 밟고 있던 발에 힘을 빼자 몸이 조금은 가벼워지는 것 같았다. 여자는 창문 밖으로 고개를 돌렸다. 광역버스가 여자의 차 옆에 있었고, 버스에는 어느 외국 소설가의 책 광고가 붙어 있었다.

누군가의 하루를 이해한다면 그것은 세상을 모두 아는 것이다.

주름이 곱게 진 서양 작가의 얼굴 위에 커다란 명조체로 광고 문구가 인쇄되어 있었다. 화제의 신간이라고 했고, 원작이 출간된 나라에선 백만 부 이상이 팔린 책이라고 되어 있었다. 작가의 이름을 보자 여자는 어디선가 들어본 것 같은 느낌이 들었다. 눈송이들이 작가의 얼굴 위로 달라붙었다가 금세 녹았다.

뒷좌석에 있던 여자의 백일 된 아기가 칭얼거리자 여자는 창문을 닫았다. 차창을 열다니, 내가 정신이 없지. 여자의 아기는 며칠째 열이 떨어지지 않았다. 여자는 보다 큰 병원을 찾았고, 몇 가지 검사를 하고 돌아오는 길이었다. 카시트와 연결되어 아기를 꽉 죄고 있는 안전벨트를 보자 안심이 되었다.

진한 검은색으로 코팅되어 있는 창문이 올라가자 적당한 어둠이 차 안을 채웠다. 여자는 적당한 어둠이 좋았다. 남편이 차를 샀을 때 여자는 차량의 모든 유리를 가장 진하게 코팅했다. 빛 투과율이 퍼센트로 표시된 견본을 넘기면서 여자는 더 어두운 건 없나요, 라고 물었다. 여자가 어둠을 좋아하게 된 것은 연극에 대한 미련 때문이었다.

여자는 공연 직전의 어둠이 좋았다. 여자가 연극에 뛰어든 것도 모두 공연 직전의 어둠 때문이었다. 관객들의 희미한 살빛이 드물게 보이는 관객석. 단출한 소품들이 숨죽이고 있는 무대. 무대 뒤편에서 그런 어둠을 응시할 때마다 어둠이 주는 빈 공간 때문에 숨이 막혔고, 압도당하는 느낌을 받았다. 이제 조금만 있으면 저 어둠 속 무대 위로 나가야만 해. 그렇게 생각할 때마다 여자는 숨이 막혔다. 숨이 막힐수록, 무거운 바위에 깔린 듯한 기분이 들수록 약간의 빈혈과 어지럼증을 느꼈다. 손과 발이 저릿해지면서 머릿속에 있는 산소들이 모조리 빠져나가는 것 같았다. 그러면 심호흡을 했다. 몇 번이나 심호흡을 했고, 여자는 그런 얕은 현기증에 몸을 맡기는 것이 좋았다.

여자가 연극을 그만둔 이후로 그런 어둠을 찾을 수 없었다. 가끔 공연을 보러 갔지만 관객석에서 바라보는 어둠은 관객들이 내는 작은 소음들 때문에 이내 일그러졌다. 어둠은 더 이상 어둠이 아니라 지루함이었다. 조금의 어둠도 견디지 못하는 관객들은 어둠을 그냥 내버려두지 않았다.

견디지 못하는 건 여자도 마찬가지였다. 이건 예전에 내가 느꼈던 그런 어둠이 아냐. 공연장을 찾을 때마다 여자는 생각했다.

어둠 속으로 곧 올라간다는 기대감이 여자에겐 더 이상 들지 않았다. 여자는 공연이 시작되기도 전에 자리를 박차고 일어나 밖으로 나가곤 했다. 무대를 떠난 여자에게 남은 건 무대의 어둠이 아니라, 밝고 밝은 거리뿐이었다. 여자에겐 자신만의 어두운 공간이 필요했고 자동차 안을 불 꺼진 무대처럼 꾸미고자 했다. 바깥이 차단된 차 안은 무대처럼 어두웠다. 그제야 여자는 예전에 느꼈던 어둠을 자동차 안에서 조금이나마 느낄 수 있었다.

향기가 바람에 실려 오는 그런 계절이야. 그거 알아? 그런데도 우리는 그저 깊은 우물 안으로 떨어지고 있는 돌멩이에 불과하다는 걸.

여자는 중얼거렸다. 여자가 중얼거린 말은 여자가 가장 좋아하던 대사였다. 여자가 그 대사를 기억하는 이유는 처음이자 마지막으로 남자 역할을 맡은 공연이기 때문이었다.

남자들이란.

여자는 다시 중얼거렸다.

우린 맡은 일에 충실했을 뿐이오. 우유 배달부는 우유를 열심히 배달할 것이며, 목회자는 열심히 기도할 것이며, 공장에서 일하는 노동자는 열심히 일을 할 것이며, 선생은 열심히 가르칠 것이며, 경찰은 범죄자를 잡을 것이며, 그럴 때 엉터리는 바로 잡힐 것이며, 우리들의 하루는 오늘도 온전할 것이오.

여자가 외우고 있는 대사는 술에 취해, 젊은 새 여자친구 앞에서 무게를 잡으며 내뱉던 대사였다. 남자 역할을 맡았던 여자는 모자를 눌러썼고, 수염을 붙였고, 펑퍼짐한 바지를 입었다. 희곡도 연출도 배우들도, 하다못해 조명조차도 형편없었지만 남자 역할을 맡았으므로 여자는 그 연극을 잊을 수가 없었다. 모든 게 형편없었고, 평에 한 번도 오르내린 적 없는 연극이었지만 여자는 그 역할과 대사를 몇 년이 지나도 기억하고 있었다. 아니 시간이 지날수록 더욱 생생하게 떠올랐다. 향기가 바람에 실려 오는 그런 계절이야. 그거 알아? 그런데도 우리는 그저 깊은 우물 안으로 떨어지고 있는 돌멩이에 불과하다는 걸.

여자는 굵은 목소리로 중얼거리며 시계를 보았다. 십여 분만 있으면 은행 영업이 끝나는 시간이었다. 그런데도 차는 아주 천천히 앞으로 나아갈 뿐이었다.

소년이 학원을 빠져나온 시각은 오후 네 시가 막 지났을 때였다. 소년은 기분이 좋지 않았다. 눈이 발목까지 덮었지만 질척한 웅덩이에 발이 빠진 것만 같았다. 소년은 그날도 놀림을 받았다. 소년은 조심스럽게 고개를 들어 거리에 있는 간판 하나를 읽었다. '카페 우주선'. 그러나 소년이 다시 읽자 '카페 우주선'이 아니라 '카페 우산속'이었다. 소년은 알 수 없었다. 어째서 글자들이 순간적으로 다르게 보이는지를. 소년이 그날 오후, 학원에서 책을 읽을 때도 마찬가지였다. '가을'은 '거울'로, '마치겠습니다'는 '미치겠습니다'로 보였다.

소년이 책을 읽는 동안 선생은 탁자를 두드리며 한숨을 쉬었고, 아이들은 책상을 두들겼다. 소년이 읽기 시작한 책의 내용은 어느 가을날 동물들이 모여 학급회의를 하는 것이었다. 그러나 소년이 읽으면서 책의 내용은 거울 안으로 빨려 들어간 동물들이 엉뚱한 대화만 나누다가 모두 미치는 내용으로 바뀌었다. '아, 가을입니다'는 '아, 거울입니다'로, '이만 마치겠습니다'는 '이만 미치겠습니다'로. 학년이 올라갈수록 문장과 글자 수는 길어졌고, 그럴수록 소년은 더 혼란스러웠다.

쌓인 눈을 발로 차며 길을 걷던 소년이 걸음을 멈춘 것은 견인차 앞이었고, 시각은 오후 네 시 이십팔 분이었다. 눈을 맞으며 쓸쓸하게 서 있는 견인차는 소년을 단숨에 끌어당겼다. 눈에 덮인 경광등의 노랗고 빨간 불빛이 순간 하늘에 펼쳐지는 오로라처럼 소년의 눈에 파고들었다. 쇳덩어리로 중무장한 견인차는 변신을 앞둔 로봇 같았고, 강해 보였다. 둔중한 쇠갈고리와 철제 빔 같은 휠 리프트는 백만 마력의 힘을 내는 로봇의 팔 같았다. 소년은 전봇대에 몸을 기댄 채 견인차를 지켜보았다. 저음의 벨소리를 내며 내려가던 휠 리프트는 견인할 자동차의 앞바퀴를 천천히 들어 올렸다. 자동차의 앞바퀴가 바닥에서 들리자 소년은 자신도 모르게 몸이 움츠러들었다. 자동차를 가볍게 들어 올린 견인차는 잠시 몸을 떨었다. 눈송이는 멎어 있었고 바람도 잦아졌다. 견인차에서 내린 견인기사는 잠시 하늘을 올려다본 다음 소년을 전봇대에서 비켜서게 했다. 그러고는 견인 대상차량 고지서를 전봇대에 붙였다.

—뭘 그렇게 보니? 네 이마에 붙여주랴?

견인기사는 이를 드러낸 채 웃었다. 앞니는 금니였고, 환하게 빛났다. 견인기사의 말이 마치, 너 이 글자들을 읽을 수 있니?라는 말처럼 들려 소년은 눈살을 찌푸렸다.

견인차가 큰길로 빠져나가자 소년의 뒤에서 두 대의 차량이 빠져나갔다. 앞선 차량은 견인차만큼이나 덩치가 큰 승합차였다. 호루라기를 불며 경비가 차량들을 인도했다. 소년은 차도로 엉금엉금 끼어드는 자동차를 바라보다 전봇대에 붙어 있는 견인대상차량 고지서를 보았다.

소년은 고지서를 조심스럽게 떼어내 천천히 읽으며 집을 향해 걸었다. 쌓여 있는 눈을 발로 차면서.

은행이 있는 건물의 후문을 여자가 빠져나온 시각은 오후 네 시 이십구 분이었다. 발목이 시큰거렸고, 또 한쪽 굽이 떨어져나가 걷기 힘들었지만 서두를 수밖에 없었다. 여자는 주차장이 있는 골목길을 향해 급히 돌았고, 그때 고지서를 읽으며 오던 소년과 부딪혔다. 여자와 소년은 모두 미끄러지며 바닥에 주저앉았다. 여자가 소년에게 괜찮니,라고 물었고 미안하다면서 부축해주었다. 소년은 억울한 표정으로 여자를 쳐다보았다. 여자는 소년이 일어서자 다시 엉거주춤한 자세로 뛰기 시작했다. 소년은 여자를 물끄러미 바라보다가 바닥에 떨어진 고지서를 보았다. 눈에 젖은 고지서는 구겨지고 더러워졌다. 소년은 고지서를 주우려다 말고 엉덩이를 턴 다음 집으로 걸어갔다.

여자가 은행이 있는 건물에 도착한 시각은 오후 세 시 오십오 분이었다. 주차장을 찾았지만 이미 만차였다. 여자는 주차장 골목 어귀에 차를 바싹 붙였다. 차에서 내려 차량이 빠져나갈 수 있는지 가늠해보았다. 사이드미러를 접는다면 간신히 빠져나갈 수 있을 것 같았다. 여자는 뒷좌석의 문을 열려다 그만두었다. 아기를 안고 뛰면 은행 영업시간을 맞출 수 없을 것 같았다. 또 눈길 위에서 뛰다가 넘어질지도 모른다는 생각도 들었다. 더군다나 아이는 고열에 시달리고 있었다. 자동차 안이 더 안전할 것이다. 여자는 차 문을 잠근 다음 은행으로 뛰어갔다.

여자가 은행 안으로 들어가자 정문에 있는 철제 셔터가 천천히 내려왔다. 여자는 번호표를 뽑았지만 대기인 수가 꽤 많았다. 여자는 사람들을 둘러보았다. 마치 당첨된 복권이라도 되는 것처럼 번호표를 두 손에 꼭 쥐고 있는 할머니가 보였고, 잡지를 뒤적이고 있는 직장인, 그리고 수다를 떨고 있는 젊은 여성 두 명이 보였다. 여자는 청원경찰에게 다가가서 말했다.

— 제가 급해서 순번을 좀 바꾸고 싶은데요, 시간이 없어 자동차도 주차장 앞에 그냥 세웠고요.

— 보다시피 연말이라서.

청원경찰은 미소도 아닌 어정쩡한 웃음을 지었다. 청원경찰은 고개를 숙여 가볍게 목례를 한 다음 정문을 향해 걸었다. 여자는 다시 주위를 둘러보았다. 여자는 그중에 크리스마스트리 앞에서 서성이고 있는 남자에게 다가가 번호표를 바꿀 수 없는지 물었다. 남자는 여자의 몸매를 아래위로 찬찬히 훑었다. 여자는 순간 발가벗겨진 것처럼 부끄러웠고, 속이 울렁거렸다. 여자를 찬찬히 살피던 남자는 여자에게 자신의 번호표를 주었다. 겨우 두 개의 번호를 앞지른 여자는 필요 이상으로 고개 숙여 인사했다. 이마와 등에서 땀이 났다. 여자는 창구에서 가장 가까운 의자에 앉았다. 바닥은 사람들의 옷에서 떨어져 녹은 눈 때문에 번들거렸고, 그 위로 트리의 작은 전구 불빛들이 반사되고 있었다. 은행 안에는 축축한 냄새가 떠돌았고, 여자는 손수건을 꺼내 이마와 콧잔등에 묻은 눈을 닦았다. 여자는 맞은편 벽에 걸려 있는 디지털시계의 붉은 숫자들에서 눈을 뗄 수 없었다. 일 초에 한 번씩 불이 켜졌다 꺼졌고, 그 불빛은 차량들의 정지등 같았다. 구십 분 이상 차 안에 갇혀 있었던 여자는 요의를 느꼈다. 여자는 화장실에 가기 위해 일어났다가 번번이 다시 앉았다. 여자가 일어날 때마다 번호가 바뀌었기 때문이었다. 순서가 다 되었을 때 남편에게서 전화가 왔다.

— 아직 입금이 안 됐대.

남편은 지극히 사무적으로 짧게 말했다. 여자는 남편의 짧은 말투 안에 깊게 스며들어 있는 책망을 읽었다. 남편은 더 이상 말하지 않았지만 대체 이때까지 무얼 하고 있었던 거야, 하고 나무라는 목소리가 머릿속에서 거대한 엔진이 내는 소리처럼 맴돌았다.

— 나도 알아. 차가 너무 막혀서.

— 그러기에 진작 인터넷뱅킹을 배우라고 했잖아. 입금하는

대로 당신이 전화해.

남편은 그렇게 말하고 통화를 끝냈다. 그는 언제나 잘 다려진 와이셔츠 같았다. 여자의 아버지는 남편에 비하면 늘 헐렁했다. 누군가가 생각해서 챙겨주더라도 헐렁한 옷 사이로 모두 빠져나가버리는 그런 헐렁한 사람. 여자의 아버지는 무슨 일이든 육 개월 이상 하는 법이 없었다.

— 살림만 하는 당신은 몰라. 일을 한다는 건 알고 보면 죄다 도둑질이라네.

일을 그만둘 때마다 아버지는 그렇게 중얼거렸다. 얼굴은 멀쩡한데, 사람이 왜 그럴까. 여자의 어머니는 늘 투덜거렸다. 바늘과 실을 붙여둬야 할거나. 여자의 어머니는 언제나 아버지의 뒤치다꺼리를 해야 했고, 여자는 어머니의 그런 푸념을 듣고 자랐다. 어머니의 푸념이 쌓일수록 빚도 따라 쌓여갔다. 어머니의 노력으로 아버지의 일자리가 겨우 잡혀도 아버지는 반년만 일했다.

— 반년간 도둑질을 했으면 반년은 쉬어야지. 몽땅 빼먹을 수는 없잖은가.

사춘기에 접어들면서 여자는 아버지가 던져준 헐렁한 삶에서 벗어나고 싶다는 생각을 했다. 할 수만 있다면 아버지에게서 물려받은 피를 모조리 빼서 다른 누군가의 피로 바꾸고 싶었다.

여자가 연기에 빠진 데에는 그런 이유도 있었다. 그 무렵부터 여자는 어떤 끈이든 단단하게 조이는 버릇이 생겼다. 풀려 있거나 느슨해진 끈만 보면 꽉 조이고 싶은 충동에 휩싸였다. 신발 끈을 너무 죄어 학창시절 여자의 발등은 쉽게 부어오르곤 했었다. 그러나 꽉 묶는다고 해서 여자의 마음이 안정되지는 않았다. 헐렁하기만 한 삶에서 벗어날 수 없었다. 결혼하고 남편의 넥타이를 조여주거나 구두끈을 묶을 때도 마찬가지였다.

여자가 처음으로 헐렁한 삶에서 벗어났다고 생각한 것은 아기가 태어난 뒤였다. 여자에게 출산의 고통을 처음으로 잊게 해준 것은 젖을 물리는 것도 아니었고, 아기의 자그마한 손가락을 마냥 보는 것도 아니었다. 여자를 짓누르고 있었던 헐렁한 삶에서 비로소 벗어난 것은 바로 속싸개로 아기를 친친 동여매었을 때였다. 배냇저고리를 꽉 조여주고 속싸개로 단단하게 아기를 감쌌을 때 여자는 그제야 온전한 자기 소유를 느꼈고, 그 소유를 통해 헐렁한 삶이 사라지고 새로운 삶을 살 수 있겠다는 생각이 들었다.

여자를 가장 괴롭힌 것은 아버지가 마지막으로 한 말이었다. 공연을 앞두고 여자의 아버지는 입원했었다. 연락을 받았지만 여자는 공연 준비 때문에 아버지가 있는 병실을 찾아가지 못했다. 별일이 아니라고 생각했다. 어디선가 드러누워 또다시 헐렁한 삶을 즐기고 있을 거라는 생각이 떠나지 않았다.

여자는 아버지가 입원하고 나서, 며칠 후에 찾아갔다. 여자의 아버지는 예상과는 달리 급격히 말라 있었다. 얼굴의 살이 광대뼈로 모조리 몰려가기라도 한 듯이 광대뼈만 혹처럼 불룩

솟아 있었다. 광대뼈 아래로 꺼져버린 두 눈과 입은 틈처럼 좁았다.

— 왜 이렇게 옷이 헐렁하다니, 얘야.

작은 틈 사이로 여자의 아버지는 그렇게 말했다. 여자의 아버지가 입고 있던 옷은 환자복 중에서 가장 작은 사이즈였지만 한 사람이 더 들어가고도 남을 공간이 있었다. 아버지의 말이 멀리 화성에서 들려오는 것 같았고, 여자는 아버지의 말이 실감나지 않았다. 여자는 아버지가 명연기를 펼친다고 생각했다.

공연이 막바지에 들어갔을 무렵 여자의 아버지는 세상을 떠났다. 여자는 약간의 혼란을 느꼈다. 아버지가 죽었다는 말이 시시하고 헐렁한 농담 같았다. 여자가 울면서 뛰어가면 아버지는 헐렁한 옷을 펼치며, 네가 또 속았구나, 라며 깔깔거릴 것만 같았다. 그래서인지 이상하게도 눈물은 나오지 않았다. 아버지에 대한 추억을 떠올려봤지만 특별한 기억은 없었다.

아버지의 수의를 꽉 조였을 때, 그제야 여자는 아버지의 죽음을 실감했다. 어머니는 아버지의 관에 실과 바늘을 던지곤 여자를 껴안고 울었다. 그러나 그때도 여자는 눈물이 나지 않았다. 장례를 치르고 며칠이 지났다. 여자는 아버지의 유품을 정리하다가 오래된 사진 한 장을 발견했다. 그 사진은 여자의 아버지가 지갑 속에 꼭꼭 감추어둔 것이었다. 어린 여자가 배추머리 인형을 꼭 안고 있는 사진이었다.

사진을 보자 여자는 희미하게나마 인형을 손에 들고 한밤중에 자신을 깨우던 아버지가 생각났다. 그때가 다섯 살이었는지, 일곱 살이었는지, 열 살이었는지는 알 수 없었다. 여자가 기억하는 것은 아버지의 입에서 풍기던 술냄새와 외투에 묻어 있던 하얀 눈이었다. 여자는 아버지의 외투를 보며 밖에 눈이 오는 모양이라고 생각했다. 여자를 흔들어 깨우던 아버지의 손에는 배추머리 인형이 있었다. 여자가 인형을 안자 그녀의 아버지는 여자의 머리카락을 쓰다듬었고, 일어나서 천천히 외투를 벗었다.

여자는 인형을 껴안고 다시 누웠다. 여자는 누워서 외투를 벗어 옷걸이에 거는 아버지를 보았다. 솜이불 안은 여전히 따뜻했다. 여자는 인형을 보았고 인형의 파란 눈도 여자를 보았다. 배추머리의 헝겊이 뺨에 닿자 간지러웠고, 여자는 그 간지러움이 좋았다. 천천히 옷을 벗어 옷걸이에 거는 아버지의 모습과 인형을 번갈아 보다가 여자는 다시 잠이 들었다. 눈을 감고 있는 동안 옷걸이에 옷을 거는 아버지의 모습이 희미하게 떠올랐다가 사라졌다.

여자는 알 수 없었다. 그때의 그 인형이 그 뒤로 어디로 사라졌는지. 사라진 인형의 행방만큼이나 더 알 수 없는 것은 시간이었다. 일식(日蝕)처럼, 여자와 아버지 사이에 있었던 나머지 시간들은 가려졌거나 잡아먹혀 있었다. 달에 먹혀 해가 보이지 않는 것처럼, 아버지에 대한 기억이 분명 많이 있을 텐데도 어째서 일식처럼 기억들이 사라졌는지 알 수 없었다.

그녀의 아버지가 죽은 지 사십구 일이 지난 날, 여자는 제사 음식을 만들다가 문득 아버지에게 단 한 번도 음식을 만들어주지 않았음을 떠올렸다. 옷이 헐렁하다고 말하던 아버지의 말이 떠올랐다. 계란을 풀다가 그제야 여자는 연극이 아니었음을 깨달았고, 엎드려 흐느꼈다.

여자가 은행에서 볼일을 마친 시각은 오후 네 시 이십삼 분이었다. 요의를 느꼈지만 여자는 계속 참았다. 여자는 정문을 향해 뛰었다. 하지만 이미 셔터는 굳게 닫혀 있었다. 청원경찰은 여자에게 다른 출구를 가리켰다. 청원경찰이 가리킨 곳은 작은 비상구처럼 생긴 문이었다. 은행의 비상문과 연결된 곳은 여자가 들어온 곳의 반대편이었다. 비상문을 빠져나온 여자는 잠시 헷갈렸다. 식당이 길게 이어져 있었고, 순간 방향감각을 잃어버렸다. 여자는 복도를 이리저리 뛰다가 엘리베이터 표지를 발견했다. 엘리베이터 세 대 중 두 대는 삼층을 막 지나 올라가고 있었고, 나머지 한 대는 이층을 지나 내려가고 있었다. 여자는 엘리베이터를 기다리려다가 계단을 이용하기로 했다. 마음이 급했고, 옷에서 녹은 눈은 땀처럼 바닥으로 떨어졌다. 구두 굽이 자꾸만 계단에 걸렸다. 여자는 계단을 두 개씩 내려디뎠다. 그러다 이층과 일층 사이에서 미끄러졌다. 굽 하나가 부러졌고, 발목은 틀어졌다. 여자는 머리를 난간에 부딪혔고, 정강이를 계단 모서리에 박았다. 여자는 정강이를 껴안았다. 숨이 막히는 아픔이 그녀의 심장에 전달되었다. 두 눈에선 눈물이 찔끔 흘렀다. 그리고 그 순간 자신도 모르게 오줌을 지렸다. 가까스로 멈추긴 했지만 약간의 오줌이 이미 허벅지를 타고 흘렀다.

여자는 난간을 잡고 일어나려 했지만 힘들었다. 치마 안에서부터 오줌 냄새가 올라오는 것 같았다. 그때 수런거리는 소리와 함께 발자국 소리가 들렸다. 말끔한 양복을 입은 남자 두 명이 계단에 엎어져 있는 여자를 보았다. 남자들은 여자를 부축해주었다. 여자는 얼굴이 뜨거워졌다. 여자는 비틀거리면서도 핸드백으로 허벅지를 가렸다. 남자들 중 한 명이 괜찮은지 물었다. 여자는 고개를 끄덕이며 계단을 마저 내려갔다. 후문으로 나온 여자는 눈길 위를 절뚝거리며 걸었다. 발목은 여전히 아팠지만 서두를 수밖에 없었다. 여자는 급하게 돌다가 소년과 부딪혔다. 소년을 일으켜주고 서둘러 주차한 곳으로 갔다.

여자가 주차장 골목 어귀에 와 자동차를 찾았지만 자동차는 없었다. 태연하게 눈만 쌓여 있었다. 여자는 무언가 잘못되었다고 생각했다. 현실이 아니라고 생각했다. 마치 무대 위로 잘못 올라간 것 같은 느낌을 받았다. 왜 벌써 올라왔어? 너는 다음 장면에서 초인종을 누르며 문을 열고 들어와야지. 어디선가 연출자가 외치는 것 같았다. 다시 건물 안으로 들어갔다가 나오면 자동차가 있을까? 여자는 골목 어귀를 바라보다가 고개를 저었다. 여자는 어지럼증이 일어 전봇대에 몸을 기댔다. 무언가 잘못되었다고 생각했지만 정확하게 무엇인지 알 수 없었다. 가장 중요한 게 있는데, 그게 무엇인지 잘 떠오르지 않았다.

여자는 기대고 있던 전봇대에서 떨어져 절뚝거리며 건물 외곽을 돌았다. 자신이 다른 곳에 주차를 했을지도 모른다고 생각했다. 마음이 급해서 그랬을 거야. 침착하게 생각해봐. 여자는 건물을 돌면서 생각했다. 그러나 건물을 한 바퀴 빙 둘러 도는 동안 여자는 모든 게 낯설었다. 식당과 작은 마트가 생소했고, 눈에 뒤덮여 있는 간판과 도로가 생경했다.

건물을 돌아 다시 주차장이 있는 골목 어귀에 도착했을 때 여자는 자신의 차가 분명 사라졌음을 깨달았다. 여자는 다시 전봇대에 기댄 채, 핸드백에서 휴대폰을 꺼내 남편에게 전화했다. 발목이 시큰거렸고 오줌이 말라붙은 치마 안이 냉랭했다. 바람 때문인지, 자꾸만 달라붙는 눈송이 때문인지 여자는 추위를 느꼈고, 어깨가 저절로 떨렸다.

— 여보, 차가 없어졌어.

— 어디에 뒀는데?

— 응? 여기, 은행 주차장 입구에.

— 도난당한 거 아냐?

도난이란 말이 여자에겐 순간 도망으로 들렸다. 여자는 도망? 도망이라니? 하고 중얼거렸다.

— 자동차 문 확실히 잠근 거야? 당신 건망증 심하잖아.

— 잘 모르겠어. 그런데, 여보. 차 안에 우리 아기가 있는데.

여자는 남편에게 말하면서 불현듯 잊고 있었던 중요한 사실이 떠올랐다. 자신이 왜 그렇게 서둘렀는지, 그제야 알았고, 순간 소름이 돋았다.

— 대체 무슨 말을 하는 거야?

남편이 물었지만 여자는 아무런 대답도 할 수 없었다. 여자의 눈에는 새하얗게 뒤덮인 눈만 들어왔다.

— 여보, 나 앞이 안 보여. 눈앞이 온통 얼룩투성이야. 보이는 건 온통 하얀 눈밖에 없어.

여자는 손을 휘저었다. 바로 앞에 있는 사물들이 제대로 보이지 않았다. 순간 여자의 오줌보가 터지듯 참았던 오줌이 줄줄 흘러내렸다. 여자는 멈출 수 없었다. 또 어떻게 멈춰야 하는지 알 수 없었다.

— 여보, 나 오줌 싼 것 같아.

여자가 중얼거리듯이 말했다.

— 정신 차려! 지금 무슨 말을 하는 거야?

— 여보, 나 안 보여.

— 거기 어디야? 응?

— 여보, 나 오줌 싼 것 같아.

여자는 중얼거리면서 통화를 끝냈다. 여자는 주변을 두리번거렸다. 그러나 제대로 보이는 것은 아무것도 없었다. 여자는 주변에 지나가는 사람을 붙잡고 경찰서가 어디 있는지 물었다. 여자가 지나가는 사람들을 붙잡고 물을 때마다 사람들은 여자에게 잡히지 않기 위해 몸을 뺐다. 어떤 사람들은 여자가 묻기도 전에 고개를 돌리며 묵묵히 제 갈 길을 갔다. 여자의 몸에서 흘러내린 오줌이 인도 위에 쌓여 있던 눈을 조금씩 녹였다. 여자는 핸드백에서 아기가 먹을 약 봉투를 꺼냈다. 약도 먹여야 하는데. 여자는 다시 사람들 틈을 헤집고 다녔다. 아기를 찾아 약을 먹여야 하는데, 차가 없어졌어요. 여자는 얼룩 때문에 잘 볼 수 없었다. 지나가는 사람들의 형체가 어른거릴 때마다 사람들을 붙잡았지만 여자에게 붙잡히는 사람은 없었다. 여자가 걷는 곳마다 여자의 발목을 타고 흐른 오줌이 눈을 적셨다.

남편이 여자에게서 전화를 받은 시각은 오후 네 시 삼십삼 분이었다. 그날 남편은 매우 바빴다. 아내에게 전세계약금을 보내라고 했지만 아내에겐 연락도 없었다. 연말까지 해고할 일곱 명의 해고자 명단을 작성해야 했다. 그중 한 명은 친한 후배였다. 남편은 점심 식사를 그와 함께 했다. 식사가 끝나갈 무렵 남편은 그에게 내년 이월까지만 일하게 될 것이라고 말했다. 국을 떠먹던 그는 남편의 말을 듣자마자 잠시 주춤거렸다. 그는 내색하지 않기 위해 숟가락을 다시 움직였지만 숟가락은 가늘게 떨리고 있었다.

— 나를 원망하지 말게. 나는 맡은 일을 했을 뿐이니.

남편이 말을 하자 그는 미소를 띠며 잘 알겠다고 했다. 그는 그 정도쯤이야 하는 표정을 지으며 웃었지만 숟가락은 여전히 떨렸다. 남편과 그는 무기를 만드는 방위산업체에서 근무하고 있었다. 나날이 줄어가는 방위비 때문에 파업이라도 벌여야 했고, 인근 나라에서 소규모 전쟁이라도 발발하기를 은근히 기도해야 할 정도였다.

—눈 때문에 출근길이 많이 막혔어요.

그는 화제를 돌리기 위해 눈 이야기를 꺼냈다.

—밤에 더 온다는데.

남편은 물을 마시며 창밖을 보았다. 남편은 그와 눈을 마주치지 않으려 했고, 그건 그도 마찬가지였다. 그는 조심스럽게 밥을 마저 비웠다.

남편은 식사를 마친 다음 그와 헤어졌고 남은 업무를 보고 있었다. 여자에게서 전화가 오기 전까지 계약금이 들어오지 않았다는 전화를 두 번 받았다. 그리고 네 시 삼십삼 분에 여자에게서 전화를 받았다. 남편은 통화가 끊기자 외투를 걸치고 바로 나갔다.

남편이 여자를 찾은 곳은 집과 은행 사이에 있는 거리였고, 시간은 오후 다섯 시 삼십 분이었다. 여자에게서 전화를 받자마자 택시를 탔지만 차가 막혀 다시 지하철을 타야만 했다. 남편이 지하철을 타고 가는 동안 여러 번 전화를 했지만 여자는 받지 않았다. 남편은 분노를 참을 수 없었다. 몇 번이고 휴대폰을 내동댕이치고 싶었다. 집에서 살림만 하는 여자가 아기를 잃어버린 게 말이 안 된다고 생각했다.

남편이 제일 먼저 간 곳은 집이었지만 집은 텅 비어 있었다. 남자는 은행으로 가보았다. 가는 도중 멍하게 헤매고 있는 여자를 볼 수 있었다. 여자는 온통 눈으로 뒤덮여 있었다. 남편은 여자를 붙잡았다. 그러곤 세차게 팔을 잡고 흔들었다. 그러나 여자는 제대로 초점을 맞추지 못했다. 알아보지도 못하는 것 같았다. 남편은 여자의 뺨을 쳤다. 여자의 머리카락을 뒤덮고 있던 눈이 날렸다. 뺨을 맞고 나서야 여자는 여보, 하고 작게 중얼거렸다. 남편은 여자를 붙잡은 채 다른 한 손으로 휴대폰을 꺼내 차량 도난 신고를 했다. 자동차 넘버와 차종과 색깔과 분실 장소를 또박또박 알려주었다. 남편이 신고를 하는 동안 여자는 자꾸 남편의 팔을 건드렸다. 그러나 남편은 녹지 않으려는 얼음처럼 여자의 건드림에 전혀 신경 쓰지 않았다. 통화를 끝낸 남편이 여자를 보았을 때 여자는 약 봉투를 들고 있었다.

— 이거 우리 아기 약인데.

약 봉투를 잡고 있는 여자의 손이 파랬다. 남편이 여자의 손에서 약 봉투를 떼어내려 했지만 떨어지지 않았다. 마치 여자의 손과 함께 얼어붙은 것 같았다. 남편은 다시 휴대폰으로 112를 눌렀다. 그러곤 도난당한 차량 안에 아기가 있다고 말했다.

— 그러니까 단순 도난이 아니란 말입니다. 유괴나 납치일 수도 있습니다. 서둘러주십시오.

남편은 깨끗이 절단된 유리처럼 말했다. 그제야 여자의 손은 풀렸다. 쥐고 있던 약 봉투가 스르르 눈 위로 툭 떨어졌다. 여자는 약 봉투를 한동안 보았고, 힘없이 말했다.

— 나…… 오줌 쌌어. 당신은 뭘 했어?

—나? 난……

남편은 여자를 잠시 바라보았다.

—나야 회사에서 일하고 있었지. 뭘 했겠어?

남편은 약 봉투를 집어 여자에게 주었고, 그들은 집으로 향했다. 여자는 쩔뚝거렸고, 비틀거렸다. 멎었던 눈이 다시 내리기 시작했다.

그가 퇴근한 시각은 오후 여섯 시 삼십구 분이었다. 퇴근 전에 자신에게 해고될 것이라고 귀띔을 해준 직장 선배를 찾았지만 자리에 없었다. 차라리 없는 게 나을지 모른다고 생각했다. 이미 결정된 일을 하소연한다고 달라질 게 없을 것 같았다.

그는 평소처럼 지하철을 탔다. 눈 때문에 많은 사람들이 지하철로 몰렸다. 억지로 끼여 타면 탈 수도 있었지만 그는 그러지 않았다. 지하철이 출발한 다음 그는 멍하니 서 있었다. 그는 다음 열차를 기다리다가 신문 가판대 뒤에서 장난감을 파는 노인을 보았다. 음악에 맞춰 춤을 추는 기린이 있었고, 「도레미송」에 맞춰 자전거를 타는 인형도 있었다. 그는 장난감을 구경하다가 아들에게 줄 장난감을 골랐다. 아마도 애가 난독증인 것 같아요. 그는 며칠 전에 심각하게 말하던 아내의 말을 떠올렸다.

그는 세 번이나 지하철을 보낸 다음 겨우 탈 수 있었다. 억지로 끼여 탈 마음이 들지 않았다. 그는 바람에 흔들리는 풍선처럼 사람들이 밀면 밀리는 대로 서 있었다. 그래서 지하철을 세

번이나 그냥 보냈다. 집으로 가기 위해 그는 환승을 한 번 했고, 지하철역에서 나온 다음 마을버스를 기다렸다.

쌓여 있는 눈이 발목까지 덮고 있었지만 퇴근 무렵부터 다시 내리기 시작한 눈은 그칠 줄을 몰랐다. 마을버스를 타기 위해 서 있던 그는 정류장에서 가까운 곳에 있는 술집을 보았다. 술집 밖에 설치한 스피커에선 노래가 울려 퍼지고 있었다. 그는 버스를 기다리고 있는 줄에서 빠져나와 술집으로 들어갔다.

술집의 실내는 그리 밝지 않았다. LP판들이 빼곡하게 꽂혀 있는 술집이었고, 연말이었지만 손님은 그리 많지 않았다. 그래서 그는 창가에 앉을 수 있었다. 자리에 앉자 몸에서 비릿한 눈 냄새가 타고 올라왔고 온몸이 물에 빠진 수건처럼 축축했다.

주문을 받으러 온 사람은 노랗게 머리를 물들인 이십대 초반의 여자였다. 그는 맥주와 소시지를 주문했고, 지금 나오는 노래가 무엇인지 물었다. 노란 머리의 여자는 그의 말을 듣더니 그냥 가버렸다. 노란 머리의 여자가 맥주를 가지고 왔을 때 「세비지 시즌Savage season」이래요, 했다. 그는 제목을 몇 번 중얼거렸고, 가능하면 한 번 더 들려달라고 했다. 노란 머리는 처음에 그랬던 것처럼 아무런 대답도 하지 않고 갔다.

그는 맥주를 마시며 아들에게 줄 선물을 보았다. 선물은 검은 비닐봉지에 담겨 있었고, 그가 고른 선물은 장난감 견인차였다. 작은 승용차가 검고 굵은 실에 대롱대롱 매달려 있었는데, 작은 도르래를 돌리면 승용차가 견인되듯 당겨졌다. 그는 아들에게 전화를 했다. 선물 사 갈 테니, 기다려. 아들은 기뻐했고, 그러자 그도 기뻤다. 난독증이라니. 그는 말도 안 된다고 생각했다.

그는 막 나온 소시지를 한 입 먹으며 맥주를 마셨고, 창밖의 거리를 보며 노래를 들었다. 맥주 거품이 꼭 눈 같다고 생각했다. 맥주는 시원했고, 술집 안은 충분히 더웠다. 그는 외투를 벗고 맥주를 한 잔 더 주문했다.

남편이 경찰로부터 연락을 받은 것은 오후 일곱 시 팔 분이었다. 차량은 도난당한 게 아니라 견인되어 있다고 했다. 남편은 택시를 타고 가면서 견인차량 보관소에 전화를 했다. 차 문을 부숴서라도 아기를 먼저 꺼내달라고 말했다. 고소를 하겠다는 말도 했다. 택시기사가 룸미러로 가끔씩 남편과 여자를 보았다. 여자는 고개를 숙인 채 말없이 약 봉투만 보았다. 눈은 소금 알갱이처럼 가늘어져 있었고, 도로 옆 커다란 전광판에선 그해 '10대 뉴스'를 발표하고 있었다.

남편과 여자가 보관소에 도착했을 때 차량에서 나오는 경보음이 요란했다. 앞 유리는 깨져 있었고, 아기는 병원으로 막 이송되고 없었다. 견인을 했던 기사가 남편과 여자를 기다리고 있었다. 견인을 했던 기사는 병원까지 데려다주겠다고 말했다. 남편과 여자는 견인차에 올라탔다.

— 다급해서 119에 연락했습니다. 문을 열 수 없어 앞 유리를 깨고 문을 열었습니다.

기사는 사이렌을 켰고, 경광등도 켰다. 노랗고 빨간 불빛이 눈 덮인 도로 위에서 미끄러졌다.

—정말입니다. 자동차 안이 조금도 보이지 않았습니다. 정말입니다.

기사는 경적을 마구 울려댔고, 경광등처럼 다급하게 말했다.

—저도 애를 키웁니다. 연말이라 거의 비상대깁니다. 저는 그저 제가 맡은 일을 했을 뿐입니다.

남편은 힘없이 고개를 끄덕였다. 여자는 옆에 서 있는 버스의 광고판을 멍하니 바라보았다. 어디서 본 것 같은 책 광고가 붙어 있었지만 기사는 순식간에 버스 앞으로 끼어들었다. 여자가 뒤돌아보았을 때 버스는 점점 멀어지고 있었다. 가로등과 쌓여 있는 눈 때문에 밤은 그리 어둡지 않았다.

남편과 여자가 병원에 도착했을 때 아기는 이미 숨져 있었다. 사망 시각은 오후 여섯 시 삼십구 분이었고, 보다 정확한 사인을 알기 위해선 부검이 필요하다고 했다. 기사는 금니를 드러내며 정말입니다, 정말입니다, 아무것도 보이지 않았습니다, 라고 말하며 울상을 지었다. 여자는 눈앞에 갑자기 생긴 얼룩 때문에 하나도 보이지 않았다. 눈을 감았다가 떠도 얼룩은 사라지지 않았다. 앞이 안 보여. 여자는 손을 내밀어 얼룩을 떼어내려 했지만 손에 잡히는 것은 없었다. 누군가가 여자의 발목을 낚아채기라도 했는지 맥없이 주저앉았다.

다시 눈을 떴을 때 여자는 누워 있었다. 여자는 자신의 팔에 주삿바늘이 꽂혀 있는 걸 알았다. 주변에서 신음 소리와 간호사들의 실내화 소리가 들렸다. 여자가 고개를 옆으로 돌리자 간호사들이 보였고, 그 뒤로 시계가 보였다. 세 시 십구 분이었다. 그러나 오전인지 오후인지 알 수 없었다.

여자는 눈을 감았다. 그러자 조용한 어둠이 찾아왔다. 여자는 잠시 어둠을 즐겼다. 영문은 알 수 없지만 어둠이 아늑하고 편안하다는 생각이 들었다. 눈을 감기 전 마지막으로 본 시계의 모습이 어른거렸고, 째깍째깍 움직이는 초침 소리가 들려오는 듯했다. 여자는 눈을 감은 채 머릿속으로 초침 움직이는 소리를 따라했다. 째깍째깍, 째깍째깍. 그러자 어쩐 일인지 그 소리에 맞춰 춤추는 나비가 어둠 속에서 보였다. 견인기사 때문이야. 아니야, 진하게 코팅한 탓이야. 아니야, 은행 영업시간 탓이야. 아니야, 정체 탓이야. 아니야, 연극 탓이야. 아니야, 아버지 탓이야. 아니야, 모르겠어. 여자는 눈을 감은 채 입술을 열어 조용히 째깍째깍 소리를 냈다. 어둠이 편안했지만 왜 편안한 것인지 이유는 알 수 없었다.

그가 술집에서 나온 시간은 자정이 지났을 때였다. 집에서 몇 차례 전화가 왔지만 통화 내용은 기억나지 않았다. 통화 내용뿐만 아니라 어디서, 얼마나 많은 술을 마셨는지도 잘 기억나지 않았다. 그가 사는 아파트 뒤에는 야트막한 야산이 하나 있는데, 그는 아파트 단지 안으로 들어간 것이 아니라 단지를 지나쳐 야산을 오르고 있었다. 무릎까지 잠기는 눈 때문에 그는 더 이상 오르기가 힘들었다. 그는 눈 덮인 벤치에 서류가방을 깔고는 그 위에 앉았다. 눈앞으로 군데군데 불이 켜져 있는 아파트들이 비스듬하게 보였다. 위에서부터 한 층, 한 층 헤아려 그가 사는 층을 찾으려 했지만 그때마다 실패했다. 오층 이상을 헤아리고 보면 사층인지, 육층인지 헷갈렸다. 불이 꺼진 집이 많아 층의 구분이 모호했다. 아무려나. 그는 헤아리다 말고 말했다.

그는 검은 비닐봉지에서 선물로 산 장난감을 꺼냈다. 견인차에 달려 있는 도르래를 감자 실로 묶여 있는 작은 자동차가 끌려왔다. 그는 도르래를 감았다가 풀었다가 했다. 바람이 꽤 불었지만 전혀 춥지 않은 것이 신기했다. 눈에 뒤덮여 있으니 오히려 따뜻하다는 생각을 했다. 장난감 견인차 위로 다시 눈이 떨어지기 시작했다. 그는 고개를 들어 하늘을 올려다보았다. 눈송이가 아니라 나비들이 힘없이 추락하는 것 같았다.

눈송이들이 그의 눈 위로 자꾸 떨어져 그는 더 이상 눈을 뜨고 있을 수 없었다. 눈을 감자 자꾸만 잠이 왔다. 선물을 기다리고 있을 아이가 생각나서 그는 잠들지 말아야 한다고 생각했다. 내 애는 어떻게 하라고. 내 애가 무슨 잘못이 있다고. 그는 중얼거렸다. 그러나 마음 한구석에선 이대로 오 분만 눈을 감고 있자고 했다. 더 이상도 필요 없고 오 분이면 충분하다고 생각했다. 한 방울의 눈물이 흘러 나비 같은 눈을 조금 녹였다. 그의 몸 위로 폭설이 내리기 시작했지만, 그의 몸은 자꾸만 그를 편안한 잠의 세계로 빠뜨렸다.

소년이 자다 말고 일어난 시각은 자정을 이십 분 정도 넘겼을 무렵이었다. 무언가에 놀란 것처럼 소년은 후다닥 잠에서 깼다. 잠에서 깨자마자 소년은, 아빠는? 하고 물었다. 무척 어두웠고, 자기 옆에 아무도 없는 것을 알았다. 문틈으로 희미한 빛이 들어오고 있었다. 소년은 자리에서 일어나 문을 열고 나갔다. 그러자 소년의 어머니가 소년을 안아주었다.

— 한밤중이란다. 더 자거라, 얘야.

— 아빠는?

소년은 형광등 불빛에 눈이 부셔 눈을 뜰 수 없었다. 소년은 손으로 눈을 가린 채 물었다.

— 지금 집으로 오고 있대.

소년의 어머니는 소년을 어두운 방으로 데리고 들어갔다. 소년이 누우려 할 때 창밖으로 다시 엄청난 눈이 내리고 있는 것이 보였다. 눈으로 뒤덮인 아파트 뒷산이 어둠 속에서 하얗게 빛나고 있었다.

소년이 다시 잠들었을 때 꿈에서 선물을 손에 쥐고 있는 아버지를 보았다. 선물은 견인차였다. 아버지의 외투는 눈에 젖어 번들거렸고 견인차도 마찬가지였다. 소년의 아버지는 외투를 벗어 조용히 소년의 어깨를 덮어주었다. 소년은 눈에 젖은 아버지의 외투 안에서 견인차를 만져보았다. 그것은 금속이었고, 합금이었으며, 강철이었다. 소년은 견인차와 외투를 벗는 아버지를 천천히 보았다. 아버지는 조금씩, 조금씩 희미해졌다.

소년이 다시 눈을 뜬 시각은 오전 일곱 시 사십팔 분이었다. 그 시각은 소년의 아버지가 동사체로 발견된 시각이기도 했다. 201동에 사는 노인이 눈이 그친 틈을 타 산책을 나갔다. 푹푹 꺼지는 눈을 밟는 것이 좋았다. 노인은 훠어야, 하고 괴성을 지르며 지팡이로 눈을 헤쳤다. 괴성을 지를 때마다 차가운 공기가 가슴까지 시원하게 밀려들었고, 그럴 때마다 노인은 혈관에 남은 찌꺼기가 사라지는 기분이 들었다. 노인이 기지개를 켜며 벤치를 찾았지만 눈에 파묻힌 벤치는 눈에 잘 띄지 않았다. 대충 자리를 짐작했지만 그 자리엔 눈사람처럼 뒤덮인 커다란 무언가가 있을 뿐이었다. 노인은 지팡이로 그 무언가를 헤쳤고, 얼마 지나지 않아 눈사람이 아닌 진짜 사람이 있는 것을 발견했다. 노인은 놀라서 뒤로 넘어졌다. 떨리는 두 손으로 휴대폰을 꺼내 신고를 했고, 구조대가 출동한 시각은 여덟 시 십이 분이었다.

소년은 눈을 뜨자마자 어머니를 찾아 물었다.

— 아빠는?

소년이 물었지만 소년의 어머니는 입술에 힘주고 있을 뿐 아무런 말도 하지 않았다. 소년이 학교 갈 준비를 하고 있을 때 어디선가 구급차와 소방차가 내는 사이렌 소리가 들렸다. 소년은 창문으로 달려가 구급차와 소방차를 찾았지만 창으로 넘어오는 사이렌 소리만 들릴 뿐 보이진 않았다. 눈으로 뒤덮인 뒷산 위로 해가 눈부셨다. 선물을 사 오겠다는 아버지가 꿈이었는지, 선물을 사 온 아버지가 꿈이었는지, 소년은 헷갈렸다.

소년이 학원을 마치고 나온 시각은 전날과 마찬가지로 오후 네 시가 막 지났을 때였다. 그때까지도 소년은 선물 생각을 하고 있었다. 그러나 아버지는 소년이 학교를 다녀왔을 때까지도 집에 들어오지 않았다. 학원 계단을 내려오고 있을 때 소년은 뛰어오는 어머니를 보았다. 소년의 어머니는 아무 말도 하지 않고 소년의 손을 잡아끌었다. 그러고는 뛰었다. 계단을 내려온 어머니는 소년을 데리고 택시를 기다렸다.

— 아빠는?

소년이 물었다. 그날도 도로는 여전히 막혔고, 빙판길 때문에 자동차들은 제 속도를 내지 못했다. 소년이 물을 때마다 어머니는 소년의 손만 꽉 쥐었다. 너무나 조여 마치 풀 수 없을 것만 같았다. 소년이 손을 빼려 했지만 그럴 때마다 어머니는 손을 더욱 세게 잡았다.

어머니와 함께 택시를 기다리는 동안 소년은 정류장에 서 있는 버스를 보았다. 버스의 옆면에 커다란 광고가 붙어 있었다. 소년은 눈을 감았다가 조심스럽게 떴다. 그러고는 버스 옆면에 붙어 있는 광고를 천천히 읽어보았다.

누군가의 하루를 이해한다면 그것은 세상을 모두 아는 것이다.

소년은 읽은 다음 어머니에게 자신이 맞게 읽었는지 물었다. 그러나 어머니는 여전히 아무 말도 하지 않았다. 소년의 어머니는 갑자기 어깨를 들썩이며 울기 시작했다. 길거리에서 우는 어머니가 창피하다고 생각한 소년은 손을 빼려 했지만 어머니는 손을 놓아주지 않았다.

여자의 아기가 부검에 들어간 시각은 오전 열두 시 사십팔 분이었다. 부검이 끝난 시각은 오후 세 시 이십육 분이었다. 여자는 그 시간에 응급실 침대에서 일어나 남편의 부축을 받고 있었다. 부축을 받으며 일어난 여자는 시계를 보았고, 만 하루가 지났음을 알았다.

여자의 아기가 있는 병원과 그가 있는 영안실은 팔 점 사 킬로미터 떨어져 있으며, 지하철로 가기 위해선 한 번의 환승이 필요하다. 폭설과 강추위는 그 뒤 이틀간 더 지속되었고, 그 기간 동안의 강설량은 관측 사상 네번째로 많은 양이었다. 주가지수는 백십사 포인트 오른 채 그해 장을 마감했으며, 사람들은 연말연시를 보낼 여행지 검색에 분주했다. 연말에 있는 연예인들의 시상식 프로그램은 그해 최고의 시청률을 기록했고, 버스에 광고판이 붙은 그 책은 국내에서도 베스트셀러를 기록했다. 십 년 동안 태풍이 한반도에 상륙한 것은 사십이 회였고, 가뭄이 구십여 회, 게릴라성 집중호우가 여섯 차례 있었다. 백 년 동안 큰 전쟁만 하더라도 열두 차례 벌어졌고, 천 년 동안 해수면의 온도는 일 점 이 도 올라갔으며, 만 년 동안 새로 발견된 질병은 팔천구백팔십이 종이었다. 매년, 몇십 년 동안 많은 일들이 있었지만 그러나 일식처럼, 하루하루는 잊혀갔다.

볼링의 힘

거리를 내려다보고 있으면, 그게 진짜 세상이라기보다 누군가가 그리고 있는 그림 같다는 생각이 든다. 햇빛은 슬며시 구부러지고, 건물들은 마주 보거나 아니면 서로 등을 돌리고 서 있다. 바깥은 여름이고, 나는 마흔이다. 알고 있다. 바보 같은 나이다.

쥐나 바퀴벌레나 하다못해 인간들까지도 집단성으로 생존한다. 인류의 아주 먼 조상이 쥐처럼 생긴 델타테리듐이라는 원시 포유류인 탓인지도 모른다. 벗어나면 죽음이고 진보하지 않으면 멸종이었다, 그때는.

지금은? 지금은, 잘 모르겠다. 지금에 대해 내가 아는 것은.

밖은 여름이 한창이고, 새로 나온 휴대폰 기능들을 구경하느라 바쁜 나는, 잘 알고 있다, 바보 같은 마흔이라는 사실이다.

그해 여름엔 높은 습도 때문에 내 손수건은 늘 젖어 있었고, 나는 그 손수건보다 더 가벼운 삶을 살고 있었다. 쥐어짜면 물기라도 나올 테지만 손수건보다 가벼운 나는 더 이상 쥐어짤 그 무엇도 없었다.

사람은 어딘가에 속해 있어야만 해.

맞는 말이다. 내 원죄는 어디에도 속하지 않은 데 있다. 기호나 취향에 순위를 매길 수 없는 것처럼 그때까진 모든 사람들의 삶의 무게가 똑같다고 생각했으니까. 어쨌든 그런 말로 나에게 취직을 자주 권유하던 친구가 있었다. 그가 지니고 다니던 플래티늄 신용카드처럼 단단한 친구였다. 자주 만났지만 친한 사이는 아니었다. 친구는 명문고와 명문대를 나와 대기업 간부를 지냈다. 작년엔 명예퇴직을 하여 김밥천국을 운영했다. 친구에겐 아내 J가 있었고, 결혼한 지 육 년이 지났지만 자식은 없었다. J는 한때 내가 있던 문학 동아리의 후배였고, 내가 소개해주었다.

J의 어머니는 제9회 배추아가씨였다. 배추아가씨 선발대회는 9회로 마감되었다. 연장전도 없이 말이다.

연간 일조량 174일. 봄과 가을의 하루 온도차는 섭씨 14도. 그녀의 말로는 불어오는 바다 냄새가 마을 전체를 강처럼 흐르는 곳이었다고 했다. 배추아가씨 선발대회는 왜 없어졌지? 언젠가 그녀에게 물어보았다. 어머니가 배추를 들고 행진을 하던 그곳엔 바닷물을 공업용수로 사용하는 거대한 중공업단지가 들어섰다고 했다. 나는 그녀의 말을 듣고 하얀 입김을 뿜어대는 거대한 쇳덩어리를 떠올렸다. 그리고 그 아래에서 중공업아가씨 선발대회가 열리는 상상을 해보았다. 중공업아가씨라니, 대체.

어쨌거나 배추아가씨는 중공업아가씨로 이어지지 못했다. 그러니까 세상 한쪽에는 밀물과 썰물이 있는 것이고 다른 한쪽에는 흔들리지 않는 사막도 있는 것이다. J의 지갑 안에는 그녀의 어머니 사진이 한 장 있었는데, 입자가 굵은 흑백사진이었다. 사진 속에서 그녀의 어머니는 배추 두 포기를 쌍둥이처럼 껴안고 있었다. 어깨에서 허리까지, 폭포처럼 흐르는 흰 띠에는 검은 붓글씨로 '배추아가씨'라고 적혀 있었다. 흰 얼굴 때문에 머리카락은 더욱 검어 보였다. 안경을 쓰고 있었는데, 안경은 배추 밑동만큼이나 컸다. 오랫동안 지갑 안에 갇혀 있던 탓인지 그녀가 보여준 사진에선 젖은 풀냄새가 났다.

그녀의 어머니는 미인과 가장 어울리는 직업을 가진 남자에게 시집을 갔다고 했다. 미인과 늘 함께 하는 직업. 바로 마술사였다.

마술사?

그래, 엉터리 마술사였지, 뭐.

그녀가 웃었고 나도 따라 웃었다.

그거 알아? 네모는 네모난 꿈을 꾸고, 삼각형은 내각의 합이 180도인 꿈을 꾼다. 욕조는 물속에 들어간 물건의 부피만큼 넘쳐날 꿈을 꾸고 말이야. 언젠가 아버지가 말해줬어. 그녀가 말했다.

그래, 그래. 그렇겠지.

정말, 젠장맞을 일이지.

밟을 거라곤 계단밖에 없고 말이야.

그녀가 키득거렸다.

그해, 친구와 나는 서교호텔 뒷골목에 있는 술집에 몇 번 갔었다. '두바퀴'라는, LP판이 많은 술집이었고 J와 내가 자주 가던 단골집이었다. J가 결혼한 이후엔 주로 나 혼자 갔었다. 손님이 없는 날이면 맥주 몇 병을 마시며 두세 시간씩 가만히 앉아 음악을 들었다. 내가 듣는 음악은 주로 6, 70년대 포크나 록이었다.

언젠가 '두바퀴'로 가는 골목길 모퉁이에 새로운 단란주점이 들어섰다. 출입구에는 건물 한 층을 뒤덮을 만큼 큰 걸개그림이 걸려 있었다. 걸개그림은 스크린 출력을 했는데, 일본 AV 표지에서 본 듯한 아가씨 얼굴들과 함께 이런 글귀가 적혀 있었다. '부디 왕림하시어 한 떨기 꽃을 꺾어주시옵소서' 솜씨가 좋군, 솜씨가 있어. 언젠가 J가 말했었다.

며칠 전에는 그 단란주점 앞에서 제법 큰 싸움이 벌어졌다. 짧은 스커트에 탱크톱을 입은 여자는 단란주점에서 일하는 아가씨 같았다. 무슨 일 때문에 싸움이 시작되었는지 알 순 없었다. 내가 그 앞을 지나가고 있을 때는 이미 꽤 많은 사람들이 구경하고 있었다. 자기 나이만큼이나 구겨진 양복에 비틀어진 넥타이를 맨 사내가 탱크톱을 입은 아가씨의 뺨을 때렸다. 사내가 말했다. 오늘 피를 보자고. 그러자 아가씨가 말했다. 여자는 피 따위 무서워하지 않아. 달마다 피를 쏟으니까.

사내는 분을 참지 못하고 메고 있던 서류 가방을 두 손으로 움켜쥐고는 찢을 듯이 열었다. 그러고는 안에서 서류 뭉치들을 꺼내 여자의 얼굴에 집어던졌다. 강철도 꺾으면 절단된다. 대나무는 부러지고. 마지막에 사내가 왜 그런 말로 울부짖었는지는 구경하던 사람들 모두 이해할 수 없었다. 그저 더위 먹은 한여름의 풍경이라고 말할 수밖에는. 합리적인 줄거리 따윈 애당초부터 이 거리에 없으니까.

그날 저녁 뉴스엔 새로 출시된 휴대폰 때문에 친구를 살해한 고등학생 이야기가 첫머리를 장식했지만, 나는 안다. 그 뉴스는 여름이 끝나기 전에, 아니 김밥천국 앞을 스쳐 지나는 361번 버스의 전조등보다 더 빨리 사라질 것이다. 정말 예전과는 달리 몇천 배는 좋아졌고, 몇만 배는 복잡해진* 초당 800메가바이트 속도의 시대에 살고 있으니까.

친구가 죽기 전날 나는 친구를 '두바퀴'에서 만났었다. 턴테이블에는 '앤드웰라스 드림Andwella's Dream'이 올려져 있었다. 1969년도 앨범이니까, 그래. 40년 이상 냉동되어 있던 음악들이 해동되어 스피커를 타고 흘러나오고 있었다. 아마, 모두 죽

* '달빛요정역전만루홈런'의 「361 타고 집에 간다」 중에서.

었겠지? 친구가 안주로 나온 대구포를 뜯으며 물었다. 아니면 죽어가고 있거나. 내가 말했다. 먼 동해 어디선가 활어로 잡혔을 대구는 어선에서 풀려나 냉동 창고로 갔을 것이다. 그러고는 진공포장으로 봉인되어 어느 마트에 숨죽이고 있다가 조금 전에 익혀졌을 것이다.

그날 친구는 아기를 가질 예정이어서 이사를 할 생각이라고 했다. 나는 맥주를 마시며 임신과 이사가 무슨 관계가 있는지 잠시 생각했다.

강남으로 이사할 생각이야.

그래서?

그래서라니? 태어날 아이를 명문고와 명문대에 보내야지. 그게 이 땅의 과학적 공식이지.

너처럼?

그래, 나처럼.

나는 친구와 건배를 했다. 나는 친구의 말을 들으면서 잘 심어놓은 가로수를 떠올렸다. 철마다 가지치기를 해주고 병충해 약도 듬뿍 뿌려주어 산책하는 외국인들에게 도시의 아름다움을 선사하는. 그러다가 확장공사에 밀려 뽑히거나, 아니면 매연에 더 잘 견디는 새로운 종으로 교체되는, 그런 김밥천국 앞의 가로수를 떠올렸다. 친구가 세운 공식대로 명문대와 대기업을 나온 친구의 아이도 나중에 김밥천국을 운영하게 되는 걸까? 어쨌든 그 친구는 한 달 전쯤에 김밥을 말다가 천국으로 갔다. 쥐어쨌도 눈물이 나오지 않았다. 검은 상복을 입고 멍하니 앉아 있는 J를 쳐다보는 것 외에 내가 할 수 있는 일은 없었다. 밤을 새우고 나온 거리의 모습은 무척 달라 보였다. 누군가 새로운 그림을 그리고 있는 것이다. 담배를 피우며 그런 생각을 했다. 여름이 시작되고 있었고, 어디에도 속해 있지 않은 나는 바보 같은 마흔이었다.

구름을 반으로 자르는 것은 사각의 창틀이지 태양이 아니야. J는 그렇게 말했었다. 그러니까 친구가 죽고 한 달 정도가 지났을 무렵, J에게서 전화가 왔었다. 모래알이 튀는 것 같은 여름비가 내리던 날이었다. J는 내게 요즘 하는 일이 어떤지 물었고, 나는 그럭저럭 괜찮다고 말했다. J의 목소리는 어두운 회색 같았다. 빗소리도 점점 더 굵어졌고, 오후 네 시가 넘었을 뿐인데 창밖에는 벌써 깊은 어둠이 깔려 있었다. 누군가가 이번에는 거리 곳곳에 회색 물감을 엎질렀나 보다, 나는 생각했다. J는 통화를 하면서 자신의 집으로 당장 오길 원했다.

무슨 일인데 그래?

여긴 침수될지도 몰라요.

이깟 비에 침수라니. 그녀의 말을 듣는 순간 빗물이 떡하니 안방에 누워 맥주라도 마시고 있는 것 같았다. 금방이라도 울 것 같은 그녀 때문에 나는 가겠다고 약속을 했다.

J와 나는 같은 문학 동아리에 있었고 연극 한 편을 함께 공연

했었다. 아리스토파네스의 기원전 410년 작품인 「리시스트라타 Lysistrata」였다. 전쟁에 나가겠다는 남편에게 평화를 위해 성관계를 거부하고 주부 일을 파업한다는 풍자극이었다. 어쩔 수 없이 전쟁에 참여하는 멍청한 남편 역을 내가 맡았고, J는 아내 역을 맡았었다. 원작은 J가 구해 왔는데, 나는 각색에 참여했고 또 그 작업이 재미있었다.

나라고 전쟁이 좋아서 참가하는 줄 알아? 우리가 잘되는 게 나라가 잘되는 것이며, 나라가 잘되는 게 우리가 잘될 수 있는 길이야. 우리가 되지 않으면 앞으로 어떻게 살려고 그래? 지금 당장 밖에 나가봐. 우리 백화점, 우리 병원, 우리나라, 우리 회사. 하다못해 돼지들도 우리에서 지내잖아. 우리 안에 들어가서 하나가 되지 않으면 병신 소릴 듣는단 말이야, 알아듣겠어? 이 못된 계집애야.

내가 그렇게 말하면 J는 허리에 손을 얹은 채 관객들에게 말했다.

그래, 난 못된 계집이야. 옛말에 이런 말이 있지. 착한 여자는 천국에만 가지만, 못된 여자는 그 어느 곳이나 갈 수 있다고 말이야. 너희 남자들은 천국밖에 모르지? 모든 게 하나가 되면 노래는 누가 부르고 그림은 누가 그리지? 홍당무는 누가 키우고 바다에서 생선은 누가 잡지?

J의 말이 끝나면 근육이 매우 발달한 남자가 뛰어와 한 발로 그녀를 걷어차며 우렁차게 말했다.

This is Sparta.

J, 쓰러지고 근육질의 남자 퇴장한다. 쓰러진 J가 울면서 말한다.

모두, 하나가 되어 천국에만 가면, 그럼 여기는, 내 집엔 누가 남아 있지?

불 꺼지고 막이 내린다.

그런, 연극이었다. 친한 사람들 몇 명이 와서 억지웃음과 위로의 박수를 보내주는, 그런 쓸데없는 연극이었다. 그러나 이젠 그런 연극조차 옛말이 되어버렸다. 그녀와 난 연극을 더 이상 할 필요가 없어졌다. 세상이 연극보다 더 연극 같아졌으니까. 누구는 취직을 하고 누구는 결혼을 하고 누구는 전쟁에 나가고 누구는 이혼하거나 죽었다. 마주 앉아서 자기의 스마트폰만 쳐다보는 이 거리에, 이야기는 이진법으로 쪼개져 빛의 속도로 파편화될 뿐이다. 달력을 넘기지 않아도 시간이 흐르는 것처럼 우리는 그저 물 위에 떠 있기만 하면 되는 것이다.

친구가 죽고 처음 가본 그녀의 집은 어둡고 좁아 보였다. 창가에 달라붙어 있는 빗물이 없었더라면 금방이라도 바스라질 것만 같았다. J는 후배답지 않게 나를 시댁 손님처럼 대했다. 앉을 자리로 나를 이끌었으며, 차를 내오고 거실과 부엌을 오가며 부산을 떨었다. 차를 다 마시기 전에 맥주와 안줏거리를 내왔다.

웬 맥주야?

선배 술 좋아하잖아.

장례 이후의 생활에 대해 내가 물었지만 그녀는 파도에 휩쓸리는 모래처럼 이리저리 돌아다니며 건성으로 대답했다.

침수는 거짓말인 게 틀림없고 말이야. 대체 무슨 일 때문에 날 불렀는지 알아야겠어.

그러나 그 말에도 그녀는 여전히 종잡을 수 없는 태도를 보였고 분명하지 않은, 엉뚱한 날씨 이야기를 중얼거렸다. 나는 그녀의 손목을 잡고 내 앞에 앉혔다. 그녀는 고개를 들지 않았다.

내가 여기 오면서 무슨 생각을 했는지 알아?

나는 그녀에게 맥주를 따라주었다.

나와 함께했던 연극 기억나? 「리시스트라타」 말이야.

가끔씩 기억해요. 선배는 어떻게 지냈어?

나? 난…… 그냥, 작년에 이혼하고. 아르바이트하며 별 볼 일 없이 살고 있지, 뭐.

사실이었다. 나는 프리랜서로 기사를 써주었는데, 내 손수건보다, 별 볼일 없는 내 삶보다 더 형편없는 것들이었다. 유리 건축물에 대해 취재해 그 장점에 대해 썼지만 사실은 그 어떤 건축물보다 열효율이 떨어지는 게 유리 건축물이었다. 『동의보감』의 우수성에 대해 썼지만 귀신 보는 법이나 투명인간이 되는 법에 대해 나와 있는 게 『동의보감』이었다. 신비의 약물이라고 부르는 목초액은 탄수화물이 열분해되어 나오는 벤젠, 페놀 같은 맹독성 유기물 덩어리일 뿐이다. 엉터리다. 세상 모든 게 엉터리다. 내 삶처럼, 하품 나는 세상이다.

이혼하곤 어땠어요?

그냥, 그렇지 뭐.

난 어색해서 맥주를 연거푸 마셨다.

선배, 그거 알아요? 남편이 죽었는데도 시간은 죽은 남편의 시계에 맞춰 돌아간다는 것을. 내 삶이란 게 뭔지 알아요? 남편이 죽고 이것저것 정리하다가 남편이 선물했던 향수를 찾았어요. 내가 사달라고 조르고 조르던 향수였어요. 남편이 살아 있을 때는 몰랐는데, 죽고 나니 내 삶이 보이더라고요. 내 삶이 뭐였는지 선배는 아세요?

글쎄.

그녀가 가져온 맥주 두 병이 벌써 비워져 있었다.

내 삶이라는 게 고작, 10밀리리터짜리 향수병에 인생의 낙을 거는 거였어요. 지금까지 내가 살기 위해 했던 일은 결혼뿐이었고.

그렇지 않아. 넌 잘 살아왔어. 동아리에서 네가 글도 가장 잘 썼고 말이야.

내 삶은 무엇이었을까요? 향수? 결혼?

내가 빈 맥주병을 만지자 그녀는 일어나 맥주를 더 가져왔다.

집에 맥주가 많네? 장례 치르고 많이 남은 모양이지?

그녀가 다시 고개를 숙였다. 아마 눈물이 고여 있는 것 같았다. 장례 치르고 많이 남은 모양이라니. 역시 나는 바보였다.

소나기인 줄 알았는데, 엄청 길게 내리네.

나는 미안해서 창밖을 바라보며 혼자 맥주를 마셨다. 빗소리 때문에 약간의 소란이 귓가에 일었다. 알려고 드는 것이야말로 지독한 형벌이다. 어떤 이유에서인지는 알 수 없지만 그때 내 머릿속에는 그런 생각들이 걸어 다니고 있었다.

거대한 나무가 있었다. 땅속 깊이 내려 있는 뿌리는 죽음마저 빨아들일 만큼 크고 단단했다. 나무는 집단을 이룬 원숭이들이 차지했다. 나무에서 자란 열매를 먹고 원숭이들은 살았다. 원숭이들의 배변은 나무를 더욱 잘 자라게 했다. 죽은 원숭이들은 나무 아래로 떨어졌다. 그 또한 나무의 양분이 되었다. 나무가 자라면 더 많은 열매가 열릴 거야. 그러니 걱정하지 마. 나무는 하늘까지 자랄 거야. 그래서 천국까지 다다르게 될 거야. 그러니 아무런 걱정하지 마.

This is Sparta. 기억나? 스파르타의 왕이 레오니다스였나? 그때 발로 너를 찼던 친구는 지금 뭘 하고 있을까.

모두, 하나가 되어 천국에만 가면, 그럼 여기는, 내 집엔 누가 남아 있지? 내 마지막 대사였어요.

그걸 아직 기억하고 있구나.

J가 미소를 지었다.

선배, 부탁이 있어요.

무슨 부탁?

내가 왜 선배를 집으로 꼭 와달라고 했는지 아세요?

글쎄.

나는 벌을 받아야 해요. 나는 벌을 받고 싶어요.

벌? 무슨 벌?

내가 물었지만 그녀는 계속해서 벌을 받고 싶다는 말만 했다. 그녀의 엉뚱한 말에 내 머릿속은 갖은 종이들이 구겨지고 있는 것 같았다.

바보, 네가 왜 벌을 받아? 말도 안 되는 소리 하지 마.

그녀는 갑자기 소리 내어 울었다. 그녀의 흐느끼는 소리가 빗소리와 섞여 아무 데도 가지 못한 채 집 안에 갇혀 있었다. 그녀의 울음이 두꺼운 얼음으로 변해 차곡차곡 쌓이고 있는 것 같았다. 그녀는 막무가내로 울었다. 내가 말도 안 되는 일이라며 그녀를 말렸지만 빙산에 성냥불을 대는 것처럼 아무 소용없었다.

그 뒤로 열흘 정도 지나 J에게서 다시 연락이 왔었다. 이사를 하는데 도와줄 수 있는지 나에게 물어왔었다. 혼자 살기에 집이 필요 없이 큰 이유도 있고, 싼 집을 사고 남는 돈을 당분간 생활비로 사용하겠다고 했다. 내키진 않았지만 백수로 지내는 내가 거절할 명분을 찾기 힘들었다. 이삿짐은 많지 않았다. 트럭 한 대에 실은 다음 나는 그녀의 차를 몰았다.

그녀가 이사하는 곳은 서울에서 네 시간 정도 떨어진 바닷가 부근의 낡은 집이었다. 그녀의 어머니 고향과 그리 멀지 않은 곳이라고 했다. 멀리서 생선 냄새가 날아오고, 평탄한 모래사장이 있고, 발목까지 풀들이 자라 있는 해안가의 집이었다. 해안 가까이에 바위들만 있을 뿐, 인가도 잘 보이지 않는 외딴집이었다. 우리가 이삿짐을 내리고 있을 땐 몇 명의 인부들이 욕실을 공사하고 있었다.

화장실이 워낙 오래되어서.

여자 혼자 살려면 무엇보다 화장실과 욕실이 좋아야지. 잘했어.

나는 그녀의 어깨를 토닥이며 말했다. 이삿짐을 다 풀 때까지 화장실 공사는 끝나지 않았다. 이삿짐을 나르던 사내들이나 화장실 공사를 하던 인부들은 어쩔 수 없이 풀밭에 가서 소변을 보았다. 그때마다 J는 멍한 표정으로 그 모습들을 보고 있었다.

뭘 보고 있어?

응, 그냥 바다.

그녀의 말처럼 그냥 바다일 수도 있었다. 그녀가 바라보는 창밖엔 바다도 보였지만 더 가까이에는 바지 내린 남자들과 그리고 나무나 잡초를 타고 흘러내리는 오줌도 보였다. J는 바다를 핑계로 사내들의 아랫도리를 보는 건 아닐까? 그런 생각을 할 때마다 알 수 없는 분노를 느꼈다.

어느 정도 이삿짐을 정리하자 조금씩 어둠이 몰려오고 있었다. 모래사장은 어둠에 잠겨 침묵하고 있었고 파도는 고열을 앓는 환자처럼 조용하게 신음을 내고 있었다.

너무 늦었지. 미안해. 나머진 내가 정리할 테니, 선배는 서울로 올라가도 괜찮아.

여기까지 왔는데 회에 술 한잔이라도 대접해야 하지 않나?

인부와 이삿짐 트럭이 모두 돌아간 저녁에 우리는 술을 마셨다. 바닷바람이 시원했지만 창밖으로 깔린 두꺼운 어둠이 무거워서 답답하게 느껴졌다.

선배, 담배 있어요?

J가 물었다.

다시 담배 피우니?

그냥, 한 대 피워보려고.

나는 담배 한 개비를 주고는 불을 붙여주었다.

참, 그 친구는 어떻게 됐어? 내가 물었다.

누구?

존 두이인가? 존 도우인가 하는 친구.

아아, 존 도우John Doe. J가 담배 연기를 내뱉으며 웃었다. J의 입에서 나온 담배 연기는 허리를 꺾으며 사라졌다.

그래, 존 도우가 있었지. 나와 J는 맥주잔을 들고 건배를 했다. 차가운 바람처럼 입술에 달라붙는 맥주 거품이 좋았다.

존 도우는 그러니까 본명은 모르지만, 피부가 백지보다 더 하얀 친구였다. 북유럽의 백인보다 더 하얀. 정확한 병명은 모르겠다. 아마 멜라닌색소결핍증이나 백피증일 것 같은데, 인터넷에 나오겠지 싶어 더 이상 물어보지 않았다. 그 사람과 서로 연락처를 주고받은 것은 그가 '필 오크스Phil Ochs' LP를 주겠다고 했기 때문이었다. 얼굴 피부에 대해서 존 도우는 자신은 그런 희귀 질병에 걸린 게 아니라고 했다.

갓 구운 식빵 같은 '두바퀴'의 스피커 아래 존 도우가 있었다.
전, 장 자크 루소였으며, 프리드리히 니체였으며, 헤르베르트 마르쿠제였고, 유나바머로 널리 알려진 시어도어 카진스키였습니다. 그 외에도 많은 사람이었지만 여러분들은 잘 모르실 것 같아서. 주로 서양인이었죠. 그래서 다소 피부가……

전생에 말씀입니까?

글쎄요. 비슷하지만 정확한 말은 아닌 것 같군요. 지구 언어로 적당한 번역어를 찾지 못하겠어요. 전생이 아니라 조금 다르게 말한다면, 시간여행자?

시간여행자라뇨? 타임머신 같은 것 말입니까?

아뇨, 그런 기계는 있을 수 없습니다. 그런 건 공상과학소설에나 나오는 이야기지요. 그러나 다른 방식으로 시간여행을 할 순 있죠. 예를 들면……

J가 웃었고, 나도 웃었다. 그러나 존 도우는 표정 하나 바꾸지 않고 말을 이었다.

빛의 속도를 대충 초당 30만 킬로미터라고 했을 때, 태양 이외의 가장 가까운 항성으로부터 지구까지 도달하는 데는 대략 4년이 걸립니다. 그걸 이용하는 거지요. 우주로 나갔다가 다시 지구로 휙. 그럼 몇 년에서 몇십 년이 지나 있더군요.

그래요?

어느 날 어퍼 이스트사이드에서, 아, 뉴욕 브루클린에 있는 동네죠, 어쨌든 그곳 당구장에서 당구를 치고 있었죠. 누군가가 와서 함께 치지 않겠냐고 묻더군요. 진한 선글라스를 낀 사내였어요. 어두운 실내에서 선글라스라니, 별 웃긴 놈 다 있구나 싶었죠. 간단한 내기를 걸고 세 게임인가 네 게임인가를 쳤는데, 글쎄 내가 누구랑 쳤는지 아세요?

글쎄요.

댈러웨이 워터스였어요. 댈러웨이 워터스.

누구요?

기타 하나와 코드 네 개만 있으면 나는 세상 전부를 말할 수 있다. 댈러웨이 워터스. 모르세요?

네.

댈러웨이 워터스는 1974년, 웨스트 애비뉴에 있는 자신의 아파트에서 자살했습니다. 20대부터 평생 선글라스를 썼는데, 그 선글라스는 외계인으로부터 선물 받은 거라고 해요. 그 선글라스로 보면 진실이 보인다고 합니다. 우리 눈엔 신호등이 그냥 깜박이는 걸로 보이지만 워터스의 선글라스로 보면 '하나가 되어 소비하라'로 보인다 하더군요. 어쨌든 한참 전에 죽은 사람이 내 눈앞에 있으니 저로서도 황당했죠. 그 사람이 그러더군요. 헤이, 너 지구인이 아닌 걸 알아? 내 선글라스로 다 보여, 하고 말입니다. 그때부터 잊고 있던 제 참모습이 보이기 시작하더군요. 과거에 내가 누구였고, 내가 할 일이 무엇인지 말입니다.

맥주가 다 떨어져서 우리는 맥주를 더 시켰다. J와 나는 아사히를 시켰고, 존 도우는 체코 맥주를 시켰다. 서비스 안주로 타버린 외계인 시체 같은 오징어도 함께 나왔다.

그래, 그럼 우주선도 타보셨나요?

물론이죠. 우주선 안에 들어가서는 주로 잠을 자죠. 수면 캡슐에 들어가서 애벌레처럼 말입니다.

잠이라. 한가한 우주여행이군요.

깊은 잠이야말로 가장 평화로운 활동이지요. 잠을 자는 동안은 전쟁도 할 수 없잖아요? 그 무엇도 파괴하지 않고 말입니다.

우주와 연락은 어떻게 하나요? 스마트폰으로 하나요? 아니면 탭으로 하나요?

내 말에 J가 웃었다. 하지만 존 도우는 웃지 않았다.

나스카 문양 아시죠? 또는 크롭 서클 같은. 제가 일을 다 마치면 우주나 하늘에서 찾기 쉬운 표시를 하죠. 그럼 그들이 절 데리러 오는 겁니다.

그럼 잘못 오셨어요. 여기 서울에선 그런 그림을 그릴 땅이 턱없이 부족합니다. 옥수수 밭도 없고요.

아닙니다. 여기 서울이 제일 많아요. 평지에서 보면 빌딩들에 가려 볼 수 없을 테지만, 하늘에서 보면 대로와 거리가 나스카 문양처럼 기이한 모양들로 잘 보입니다. 구글 어스 보신 적 없으세요? 길 모양만 따라 색깔을 입혀보세요. 그러면 거대한 문양의 그림들이 보일 겁니다.

그래요? 나중에 한번 보도록 하죠. 그래, 여기 서울에 온 이유는 뭐죠?

지구 나이에 비하면 인류라는 종은 충분히 늙었습니다. 그러나 점점 어린애들처럼 단순해지고 있습니다. 육체에 비해 정신은 형편없이 퇴화하고 있습니다. 자연 상태에서 한번 벗어나기 시작해 기술이 주는 편리함에 익숙해진 인간은 이제 기술 문명 없이는 살 수가 없게 되었습니다. 원자력이 주는 공포를 누구나 알면서도 원자력 발전을 그만둘 순 없습니다. 발전소를 당장 가동중지해보세요, 아마 생지옥이 따로 없을 겁니다. 사람들은 자신들이 만든 것에 스스로 노예가 되었습니다. 저는 그동안 수많은 지구인으로 변장하여 지구에 왔습니다. 주로 지구인들을 각성시키기 위해 오기도 하고 지구인들이 존경하는 문명 창시자들을 암살하기 위해 오기도 했습니다. 오펜하이머를 암살하는 게 가장 힘들었습니다. 그는 핵 개발이 완료될 때까지 미 국방부에 갇혀 있다시피 했거든요. 내가 유일하게 실패한 작전이었지요. 지금까지는 주로 지구인들에게 경고를 하러 왔습니다. 지구인들의 끝없는 욕망과 파괴, 기술진보에 의한 노예화, 획일화 등등을 일깨우기 위해서 말입니다. 그러나 이번엔 조금 다릅니다. 이번 작전명은 '분노의 폭풍'입니다. 지구 밖의 모든 이성체들이 회의를 했습니다. 모두들 더 이상은 참지 못하겠다는 게 결론이었죠. 심사숙고 끝에 결정을 한 것입니다. 드디어 멸종

작업에 들어간 것입니다. 다른 동지들도 함께 왔어요. 저는 서울로 발령받았고요.

그래서 핵폭탄이나 거대한 운석 같은 것을 떨어뜨리나요?

아닙니다. 우선은 전파를 없애는 것입니다.

말이 된다고 생각하세요?

내가 물었다. 그는 천천히 맥주를 마셨다. 잔을 내려놓은 다음 내게 되물었다.

그럼 말이 되는 건 뭐가 있지요? 말이 되는 것 한 가지만이라도 내게 말해봐요.

말이 되는 것 한 가지라. 존 도우는 그렇게 말했다. 나는 어깨를 으쓱했다. 그의 흰 얼굴이 더욱 하얗게 빛났다. 언젠가 어둠에 잠겨 있던 거리가 햇빛에 점령당하는 걸 보면서 아름답다는 생각을 하기보다 어쩐지 씁쓸한 무력감을 느낀 적이 있었다. 존 도우의 표정이 꼭 그랬다. 진지한 말투로 우리들에게 말도 안 되는 자신의 이야기를 들려주었지만, 우스꽝스럽지도 않았고 태양에 무방비로 노출되는 것 같은 거리의 무력감이 그의 얼굴 곳곳에서 보였다.

정말이지 재미난 사람이었어.

내가 말하자 J도 따라 미소를 지었다.

혹시 존 도우의 말처럼 분노의 폭풍 작전이 시작된 건 아닐까? 그래서 서울엔 정전 사태가 벌어져 지금 아수라장이 되었고 말이야.

J는 말없이 창밖을 바라보았다. 나도 창밖을 보았다. 창밖엔 온통 어둠뿐이었다. 술을 마시고 있는 이곳 외에는 부스러기 빛조차 보이지 않았다. 어둠은 웅크린 동물처럼 보였다. 어둠의 벽이 너무도 두꺼워 벌레 소리조차 들리지 않을 것 같았다. 어둠에 대고 고함을 지른다 해도 어둠에 차갑게 파묻힐 것만 같았다. 어둠을 벗겨내면 밝음이 있을 것인가, 아니면 더욱 진한 어둠이 있을 것인가. 어쩌면 우리만 살아남은 게 아닐까? 나는 어둠을 바라보며 그런 말도 안 되는 생각을 했다.

정면에서 봐야만 하는 게 있어요. 그게 뭔지 알아요?

그녀가 물었다.

글쎄.

그건 바로 마술이에요. 마술사 옆에 있거나 뒤에서 보게 되면 그건 마술이 될 수 없어요.

고약한 일이군.

나는 맥주를 반 잔 마시며 한숨을 내쉬었다.

아버지가 마술을 왜 그만뒀는지 알아요?

글쎄.

마술을 더 이상 할 필요가 없어졌으니까요. 진짜 마술은 사회가 다 보여주거든요. 손가락만 딱 치면 뭐든지 가능하니까요. 마술도구는 더 완벽해졌고 말이에요. 방송국, 대형마트, 월드컵.

그렇군.

그런 와중에도 사람들은 잘 살아가겠지요.

아마도. 우린 모두 쥐처럼 생긴 원시 포유류의 후예들이니까.

그녀가 하품을 하더니 벽에 등을 기댔다. 그녀가 기댄 벽 옆으로 정리하지 않은 상자들이 몇 개 있었다. 그녀는 상자 안에서 무언가를 하나둘씩 꺼내기 시작했다. 주머니가 나왔고 막대기, 줄과 링이 나왔다. 한눈에 보아도 오래된 마술도구였다.

아버지가 마술공연을 할 때면 난 늘 조마조마했어요. 뒤로 감춘 아버지의 왼손이 혹시 보이지는 않을까 하고 말이에요. 언젠가 아버지의 왼손이 아이들에게 들킨 적이 있어요. 사기다. 한 아이가 외쳤어요. 그러자 사기다, 사기다,라고 모든 아이들이 외쳤어요. 난 너무 무서웠어요. 아버지가 웃으면서 다른 마술을 하려 했지만 소용없었어요. 그날은 어린이날이었어요. 아이들의 집단외침에 부모들은 인상을 찌푸린 채 거의 모두 나갔어요. 그날 공연이 끝나고 아버지는 나에게 마술은 사기가 아니라고 했어요. 마술은 과학이고 과학이 마술이라고.

밀물이 곧 썰물이고 썰물이 밀물이지. 운동이 정지이고 정지가 곧 운동이듯이 말이야.

그녀는 벽에 기대어 조용히 울었다.

나는 술잔을 가지고 그녀 옆으로 갔다. 그러곤 한쪽 팔로 그녀의 어깨를 감쌌다. 나는 술을 비운 뒤 그녀의 턱과 뺨에 조용히 내 입술을 포갰다. 그녀가 나를 밀쳤다. 나는 잔을 내려놓고 두 팔로 그녀를 껴안았다. 그러자 그녀가 조금 더 세게 나를 밀쳤다.

아직도 벌을 받고 싶어?

내가 말하자 그녀는 눈을 크게 뜨고 나를 쳐다보았다.

낮에 남자들 훔쳐봤잖아. 그렇지?

그녀는 나를 밀친 뒤 자리에서 일어났다.

지금 제정신이에요?

그녀는 나를 내버려두고 방으로 들어갔다. 내가 일어나서 문을 열려고 했지만 문은 굳게 잠겨 있었다. 제정신이라니, 대체. 나는 남아 있는 술을 혼자 마셨다. 갑자기 외로웠고, 분노가 느껴졌고, 모멸감을 느꼈다. 힘주어 비틀기만 하면 순식간에 바스라질 것 같은 저 조그만 손잡이가 서로의 인력을 조금도 느낄 수 없을 만큼 멀리 떨어진 행성과 행성 사이의 거리처럼 멀게만 느껴졌다. 제정신이 아니라니, 그럼 너는 제정신이었니? 그래서 사내들이 바지를 흉하게 내린 채 낄낄거리며 오줌이나 내깔기는 모습을 넋 놓은 채 훔쳐보고 있었던 거니. 나는 검은 비닐 안에 있던 소주를 꺼내 변기에 쏟아붓듯 입에 대고 마셨다. 가끔 발로 문을 걷어찼지만 굳게 잠긴 문은 온몸으로 내 발길질을 소리 없이 참아내고 있었다.

그깟 게 뭐라고. 그깟 게 뭐라고 말이야.

정말이지 그깟 게 뭐 그리 대단한 건지 알 수 없었다.

내가 향수보다 못한 거니? 겨우, 10밀리리터짜리 향수보다?

술을 찾아보았지만 더 이상 남아 있는 술은 없었다. 차라리 깔깔거리며 웃기를, 바지 내린 남자들을 보며 숨을 참기보다,

하품 같은 세상에 빌어먹을 나이만 차곡차곡 쌓아온 우리들을 그녀가 비웃어주기를, 볼 수도 만질 수도 없는 이진법의 전파에 맞춰 노래하기보다 사십 년간 냉동되어 있던 노래들을 풀어주고 밀물과 썰물처럼 끝없이 반복되는 사막 같은 세상에 침을 뱉기를, 여인이여, 부디 여인이여.

나는 어지러웠고, 숨쉬기가 거북했고, 손과 발이 저렸다.

남편이 죽었는데도 네 삶은 죽은 남편의 시계에 맞춰 돌아간다며. 미안하다, 신용카드 없어서.

나는 빈 술병들을 탁자 아래로 밀쳤다. 병들이 서로 대가리를 박으며 바닥으로 떨어졌다. 내가 뭐라고 소리를 질러도 닫힌 문은 열리지 않았다. 나는 천천히 일어나 그녀의 집을 빠져나갔다. 무작정 걸었지만 길인지 아닌지 잘 알 수 없었다. 모기들이 달려들었고, 멀리서 발정 난 고양이의 울음소리가 들려왔다. 외로웠고, 무서웠고, 지독히 슬펐다. 정확한 이유를 알 수 없었다. 뒤를 돌아다보았다. 그녀의 집에서 빠져나온 빛이 어둠 속에서 가물거리고 있었다.

잘 살아라. 이 못된 계집애야.

얼마를 걸었는지 알 수 없었지만 거대한 빛이 보여 고개를 들어보니 하얀 입김을 내뿜고 있는 중공업단지가 보였다. 나는 중공업단지를 둘러싸고 있는 철조망에 오줌을 누었다. 오줌은 힘없이 떨어지는 정액처럼 처량하게 흘러내렸다. 파도 소리는 여전히 중병을 앓는 것처럼 조용한 신음만 내고 있었다. 오줌을

누고 도로 끝을 보니 모텔이 보였다. 나는 지퍼도 채우지 않고 비틀거리며 모텔을 향해 걸었다. 그곳에 가면 한 떨기의 꽃이 있을지 몰라. 나는 중얼거렸다.

모텔 이름은 개미장이었고, 개미굴처럼 입구부터 어두웠다. 자동문이 열리고 비릿한 전자음이 흘러나왔다.

방 하나 주시고…… 여기…… 아가씨 없어요?

비틀거리며 내가 물었다. 손바닥만 한 창문 뒤에서 자몽처럼 생긴 할머니가 고개를 내밀었다.

여자?

자몽 껍질이 갈라지는 소리를 내며 할머니가 물었다.

네, 여자.

칫솔을 건네며 할머니가 여긴 그런 것 없다고 말했다.

벌 받고 싶은 여자나…… 중공업아가씨나, 뭐 그런.

내가 동굴 안에 갇힌 사람처럼 웅얼거리고 있을 때 개미굴 안쪽에서 한 사내가 여자를 데리고 나왔다. 사내는 나를 보더니 여자를 감싸 안고 내 뒤를 지나쳐 나갔다. 비릿한 전자음이 다시 울렸다.

창녀는 없고, 그럼 불륜만 있는 거예요? 그게 정상인 거예요?

내가 다시 묻자 할머니는 조용히 방 열쇠를 내밀었다.

왕림해서 한 떨기의 꽃을 꺾어야 하는데.

내가 중얼거렸지만 할머니는 듣지 않고 방값을 독촉했다. 지갑과 주머니를 뒤졌지만 이천 원이 모자랐다.

여보세요, 할머니. 내일 아침에 은행에서 인출해 모자라는 돈 드릴게요. 안에 에어컨 있죠?

할머니가 뭐라고 말했지만 잘 들리지 않았다. 나는 손을 흔들어 바이, 바이를 해주고 열쇠에 있는 방 번호를 찾아다녔다. 복도는 개미굴처럼 어둡고 습했다. 밟을수록 물컹거리는 카펫은 모래사장을 걷는 것처럼 발이 푹푹 빠졌다.

그날 밤 꿈에 J는 탱크톱을 입고 단란주점 앞에 서 있었다. 나는 양복을 입고 그녀 앞에 서 있었다. 나는 어떤 분노나 절망에 휩싸여 있었다. 들고 있던 그 무엇이라도 찢고 싶었다. 그러나 내 손에 있는 것은 손수건뿐이었다. 나는 있는 힘껏 손수건을 찢으려 했지만 손수건은 늘어나기만 할 뿐 조금도 찢어지지 않았다. 그때 근육이 매우 좋은 남자가 뛰어나와 나를 발로 찼다. This is Sparta. 그래, 그래. 나도 알고 있어. 석방 없는 감옥이지. 거리엔 더 이상 아무런 줄거리도 없고 말이야. 과학이나 마술이나 똑같지. 절대로 뒤에서 보기 없기. J가 말했다. 모두, 하나가 되어 천국에만 가면, 그럼 여기는, 내 집엔 누가 남아 있지?

거리를 내려다보고 있으면, 그게 진짜 세상이라기보다 누군가가 그리고 있는 그림 같다는 생각이 든다. 나는 그러한 그림 안에 정지해 있다. 내가 갇혀 있는 액자는 벽에 붙어 있고, 벽은 건물에 붙어 있고, 건물은 땅 위에 붙어 있고, 땅은 축을 따라 매우 빠른 속도로 자전하며 움직이고 있다. 세상은 그런 것이다. 그 뒤로 J에게선 아무런 연락도 오지 않았다. 지난 며칠 동안 나에게 유일하게 전화를 한 사람은 경찰관이었다. 그날은 지하철 방화범이 잡힌 날이기도 하다. 방화범이 지하철에 불을 지른 이유는 소화전에 붙어 있는 그림 때문이었다. 지하철 소화전엔 불을 끄는 요령이 그림으로 붙어 있는데, 불을 끄는 소방관의 얼굴이 웃고 있는 것에 방화범은 참을 수 없는 분노를 느꼈다고 했다. 세상은 그런 것이다.

경찰관의 목소리는 옅은 여울 같았다.

존 도우,라고 아세요?

네.

볼링장에서 신고가 들어왔습니다. 그 사람 볼링을 열 게임 정도 하고 나서 돈을 내지 않고 행패를 부렸다고 하네요. 저희가 현장에 도착해 보니 볼링장 위에 세워져 있는 대형 광고 핀에 올라가 있습니다.

잘 알지 못하는 사람입니다. 그 사람 약간 이상한 사람입니다. 제가 왜 필요하지요?

대화를 시도하고 있지만 선생님 휴대폰 번호만 알고 있네요. 그러면서 자신이 누구인지 아는 사람은 선생님뿐이라고 합니다. 수고스럽겠지만 원만한 해결을 위해 잠시 오셨으면 합니다.

'필 오크스Phil Ochs'의 LP 때문에 존 도우에게 휴대폰 번호를 알려준 기억이 떠올랐다.

그 사람 시간여행하는 외계인인데, 인간을 멸종시키려고 해요.

네?

아, 아닙니다. 제가 꼭 가야 하나요? 지금 많이 바쁜데.

그때 긴급문자가 왔다. 보낸 사람은 존 도우였다.

적들이 눈치 챘음. 절대로 속지 말 것. 경찰로 가장해 우리를 유인하고 있음. 현재 전자파와 볼링공을 날리며 저항하고 있지만 포위당해 있음. 7번과 10번 핀이 남은 스네이크 아이snake eye 상황. 다시 말함. 스네이크 아이, 스네이크 아이. 구조 바람. 구조 바람.

경찰이 뭐라고 말하고 있었다. 그러나 문자를 읽느라 제대로 듣지 못했다. J가 이사 간 집에서처럼 어디선가 바다 냄새가 불어오는 것 같았다. 중병을 앓는 파도의 신음 소리도. 전화기 안쪽 멀리서 사람들의 웅성거리는 소리가 들려왔다. 보이는 건 소리뿐이었다.

얼룩

여자는 적당히 식은 스펀지 빵을 반으로 잘랐다. 식었다고 생각했지만 빵 속엔 아직까지 온기가 남아 있었다. 여자는 딸기 잼을 빵 단면에 골고루 발랐다. 시럽을 넣은 딸기 잼은 부드러웠다. 익숙한 손놀림으로 데커레이션 튜브에 우유가 듬뿍 들어간 생크림을 넣어 꽃 모양으로 화려하게 장식했다. 여자는 그 위에 코코아 가루를 넣은 버터크림으로 '축' 자를 쓰려다 말았다. 남편이 좋아하지 않을 것 같아서였다. 대신 새콤한 블루베리를 가득 얹고 분홍색 초도 빼곡하게 꽂았다. 여자는 만족스러운 표정으로 케이크를 바라보았다. 사진이라도 찍어서 오래오래 감상하고 싶을 정도였다. 깜짝 놀랄 남편의 얼굴이 떠오르자 여자는 가슴이 두근거리기 시작했다.

그날은 남편의 생일이었다. 여자는 두 번씩이나 초를 헤아려

보았다. 정확히 마흔다섯 개였다. 케이크와 초를 보자 여자는 깜짝파티가 생각났다. 한껏 부푼 풍선이 천장을 채우고 색색의 리본 장식과 축하 플래카드가 걸려 있는 영화의 한 장면이 떠올랐다. 여자는 집 안을 둘러보았다. 그러나 요란한 풍선 장식은 커녕 어느 때보다도 적막한 기운이 가득했다. 괴괴하게 느껴지기까지 했다. 여자는 가슴에 한 손을 얹은 채 고개를 흔들었다. 그저 얼룩이 보였을 뿐이라고 애써 마음을 다독였다. 눈앞에 얼룩이 보일 때면 여자는 숨을 죽였다. 누군가 자신의 틈을 노리고 달려들 것만 같기 때문이었다.

언젠가 깊은 잠에서 깨어난 직후였다. 여자는 새벽녘에 잠들어서 다음 날 정오가 지나 자리에서 일어났다. 하루 하고도 반나절을 더 잔 셈이었다. 그것도 누군가 악을 쓰며 여자를 부르는 소리에 간신히 눈을 뜬 것이었다. 어렴풋이 방문 앞에 남편의 모습이 보였다. 몸을 일으키려 했지만 어쩐 일인지 손가락 끝조차 움직이질 않았다. 여자는 온몸의 수분이 증발되는 느낌에 눈을 감았다. 숨을 헐떡이며 마비된 몸이 풀리기를 기다렸다. 가끔씩 겪는 일이지만 그 순간은 늘 섬뜩했다. 가느다란 철사로 온몸이 꽁꽁 묶여 피가 통하지 않는 기분이었다. 여자는 기다란 한숨을 내쉬며 일어나 앉았다. 방 안에는 아무도 없었다. 여전히 여자의 이름을 외치던 소리가 귓가에서 울리는 듯했다. 팔뚝에 좁쌀만 한 소름이 오소소 일어났다. 어째 잠을 잔 것이 아니라 마치 딱딱한 관 속에 갇혔다가 거칠고 사나운 흙을 헤치고 나온 느낌이 들었다. 숨을 제대로 쉬기도 힘들었다. 진짜 땅속에 매장되었던 기분이 들어 여자는 가느다란 어깨를 떨었다. 악몽에서 깬 여자는 중얼거렸다. 오늘이 대체 무슨 요일이지? 여자는 달력을 보며 한숨을 쉬었다. 여자의 아이가 죽은 다음부터 여자는 날짜를 잘 잊어버렸다.

여자는 극심한 피로감이 들 때면 지나칠 정도로 잠을 많이 자는 편이었다. 언젠가 이틀 낮과 밤을 꼬박 잔 적이 있었다. 남편은 아내가 깨어나지 않자 구급차를 부르기도 했었다. 그때 응급실의 당직 의사는 크게 걱정할 일은 아니지만 자주 반복되면 검사를 받으라고 말했다. 그 때문인지 여자는 시간에 대한 개념이 사라졌다. 자다가 깨면 저녁인지 새벽인지 알 수 없었고, 하루가 지났는지 이틀이 지났는지 알 수 없었다. 처음에 여자는 대수롭지 않게 생각했다. 변화가 없는 단조로운 일상이 변하지 않는 벽지를 보는 것처럼 지루했기 때문이었다. 어제나 오늘이나 늘 똑같은데, 여자는 그렇게 생각했다.

시간을 잊어먹는 횟수가 점점 늘어났고 여자는 이제 며칠인지 무슨 요일인지, 몇 월인지조차도 도무지 감이 잡히지 않았다. 하루 하루 지나간 날을 달력에 표시해두지 않으면 봄인지 가을인지조차 분간하기 힘들었다. 마치 무인도에 표류한 사람처럼.

깊은 잠에서 깨어난 그날, 여자는 여러 가지 꿈을 꾼 것 같은데 아무것도 떠오르지 않았다. 여자는 손바닥으로 맨얼굴을 부비며 기지개를 켰다. 그러다가 퍼뜩 놀라며 오른쪽 옆자리를 내려다보았다. 침대에 남편이 없었다. 대낮인 걸 보니 당연히 회사에 가 있을 시간이었다. 그런데도 여자는 마치 남편이 사라지기라도 한 것처럼 가슴 밑바닥이 푹 꺼진 듯했다. 지난주 백화점에서 사 온 꽃무늬 베개만이 새것처럼 놓여 있었다. 꽃무늬를 손바닥으로 쓸어내리던 순간이었다. 눈앞에 꿈틀대는 얼룩이 보였다. 얼룩은 마치 다세포 생물처럼 꼬물대고 있었다. 그것은 시간을 거슬러 올라가듯 거꾸로 움직였다. 여자는 얼룩의 정체가 무엇인지 궁금했다. 혹시 시신경이나 각막에 문제가 생긴 건 아닐까 싶어 안과에 가서 검사해봤지만 아무런 이상이 없었다. 분명한 사실은 얼룩이 보이면 우울한 기분을 좀체 털어버릴 수가 없다는 것이다.

두번째로 얼룩을 본 날은 여자의 아이가 죽은 지 일 년 남짓 지난 날이었다. 그날은 햇살이 바삭바삭 소리를 낼 정도로 건조한 토요일 한낮이었다. 마주 오던 사람이 난데없이 혀를 쑥 내밀 듯 갑자기 얼룩이 보이기 시작했다. 그것은 파란빛의 얼룩이었고 왠지 침울하게 보였다. 다른 차원의 세계 같기도 했고, 홀로그램 같기도 했다. 여자는 흰색의 민무늬 벽지에서 마치 잉크가 번진 것 같은 얼룩을 발견했다. 여보, 벽에 왜 얼룩이 졌지? 여자는 걸레를 가지고 와서 벽지를 닦기 시작했다. 그러나 벽지에 묻은 얼룩은 지워지지 않았다.

— 그만해. 얼룩이 대체 어디 있단 말이야.

신문을 보던 남편이 말했지만 여자는 오히려 남편의 말을 믿기 힘들었다. 이처럼 선명하게 얼룩이 있는데, 어떻게 지우지 않을 수 있단 말인가. 여자는 걸레로 벽지를 닦고, 또 닦았다. 세제를 써보기도 했고, 베이킹파우더에 물을 묻혀 닦아보기도 했다. 그러나 얼룩은 좀처럼 지워지지 않았다. 오후부터 시작한 걸레질은 저녁까지 이어졌다. 남편이 와서 걸레를 빼앗지 않았으면 여자는 걸레질을 멈추지 않았을지 모른다. 걸레를 빼앗긴 여자는 남편을 올려다보며 말했다.

— 여보, 애도 없는데, 우리 강아지라도 한 마리 키울까?

여자는 난데없이 나타난 얼룩 때문에 남편의 표정을 유심히 살피지 못했다. 남편은 돌처럼 굳어갔고, 경직되는 몸과는 달리 온몸에 털이 오소소하게 일어나는 것을 느꼈다.

— 아, 참 당신은 강아지 싫어하지.

여자는 그렇게 말하고 벽지를 보았다. 어느새 얼룩은 사라져 있었다.

그 후로 얼룩은 자주 나타났다. 눈을 한참 감았다 떠도 얼룩은 사라지지 않았고, 눈물을 흘려도 마찬가지였다. 아이가 죽은 다음부터 여자는 남편이 변했다고 생각했다. 하지만 남편의 어떤 점이 변했는지 아무리 생각을 해봐도 떠오르는 게 없었다.

케이크 장식을 마친 여자는 남편이 즐겨 먹는 해물철판구이 재료를 다듬기 시작했다. 꽃새우와 주꾸미는 내장을 깨끗하게 빼내고, 연골을 떼어낸 갑오징어는 칼집을 넣어 저몄다. 숙주를 씻어 건져놓고 배추속대와 깻잎 양파 청홍피망 표고버섯을 차례대로 썰었다.

여자는 잠시 남편의 휴대폰 번호를 떠올려보았다. 언제부터인가 여자는 계좌번호, 현관 비밀번호, 집 전화번호, 메일 비밀번호가 잘 떠오르지 않았다. 그럴 때마다 여자는 절망을 느꼈다. 가구의 위치와 벽지의 무늬는 늘 똑같았고 무인도에 갇힌 사람처럼, 변함없는 풍경에 가슴이 답답했다. 여자 나이 이제 마흔이 넘었다. 그것은 몸을 지탱하던 굵은 뼈 하나가 사라진 것을 뜻했다. 여자는 욕실 선반에서 약병을 집어 들었다. 얼룩이 나타난 다음부터 여자는 아무 약이나 먹었다. 처방전도 필요 없었고, 약국에서 마치 쇼핑을 하듯이 약을 샀다. 여자에게 약의 효능 따위는 중요하지 않았다. 여자는 그저 알약의 색깔이 마음에 들거나 포장지가 예쁘면 아무 약이나 샀다. 그리고 울적해지면 닥치는 대로 약을 삼켰다. 언젠가는 연고의 색깔이 너무 좋아 핸드크림처럼 수시로 손과 팔에 바르기도 했다. 이처럼 많은 약을 먹였다면 아이는 죽지 않았을 텐데, 의사들은 엉터리야. 약을 털어 넣으며 여자는 생각했다.

남편은 도무지 이탈이라는 것을 모르는 사람이었다. 잠을 깨는 것도, 화장실에 가는 것도, 식사를 하는 것도 언제나 똑같은 시간이었다. 몸이 으스러지도록 아프더라도 결근할 줄 몰랐고, 토요일엔 늘 재활용 쓰레기를 버렸다. 일요일 아침마다 한 시간씩 조깅을 했고, 조간신문이나 경제 신문도 이십 년째 같은 것을 보았다. 무늬가 들어간 넥타이는 절대로 매지 않았고, 정사를 나눌 때의 체위나 사정하는 데 걸리는 시간도 늘 변함이 없었다.

—사람이 옷에 얼룩도 좀 묻히고 해야지.

언젠가 여자는 남편의 세탁할 옷을 챙기다가 문득 생각했다. 결혼한 지 십 년이 넘었다. 그동안 남편은 옷에 얼룩 한 번 묻혀 온 적이 없었다. 남편을 보면 여자는 언제나 째깍째깍 움직이는 시계가 연상되었다. 결코 멈추지 않는 시계. 여자는 옷 갈아입는 시계를 보면서 하루, 한 달 그리고 일 년을 가늠하며 살 수 있었다. 남편이 보다 두꺼운 옷을 찾으면, 겨울이 왔구나, 라고 생각했다.

언젠가 여자는 남편 몰래 새로 다림질한 와이셔츠 등에 루주를 묻혔다. 자신의 입술로 곳곳에 찍었다. 퇴근한 남편은 집에 오자마자 셔츠를 벗어 던졌다. 남편이 화를 내며 뭐라고 말했지만 여자의 귀엔 마치 시계의 알람이 우는 것 같았다.

—째깍, 째깍.

여자는 남편을 보며 시계 소리를 냈다. 그러나 남편은 아무런 반응을 보이지 않고 돌처럼 서 있었다. 여자는 남편이 눈치 없는 사람이라고 생각했다. 여자는 남편의 귀에 대고 다시 말했다. 째깍, 째깍. 여자는 남편이 배를 잡고 웃을 거라 상상했지만 여자가 시계 소리를 낼 때마다 표정이 일그러졌다. 째깍, 째깍. 여자는 그 소리를 낼 때마다 운율을 느꼈다. 왜 그런지 알 수 없었지만 너풀거리는 나비가 떠올랐다. 여자는 나비처럼 팔을 움직이며 날갯짓을 했다. 그러곤 남편의 주위를 돌며 째깍, 째깍, 소리를 냈다. 남편이 밀치기 전까지 여자는 정말 시계 소리를 내는 나비가 된 것 같았다.

남편이 출근하고 집에 혼자 남아 있을 때면 시간이 멈춘 것 같다고 여자는 생각했다. 내가 붙잡고 흔들면 시간을 깰 수 있을까? 여자는 빈집에서 생각했다. 그러나 그럴 수가 없을 것 같았다. 여자가 아무리 흔들고 붙잡고 늘어져도, 자신의 의지와는 상관없이 흘러가는 시간을 깰 수 있을 리가 없을 것 같았다. 사람이 옷에 얼룩도 좀 묻히고 해야지 말이야, 시계도 아니고. 여자는 빈집에서 중얼거렸다.

해물철판구이를 준비한 여자는 부엌에서 나와 집 안을 둘러보았다. 모든 것은 정리된 그대로였다. 하지만 이상하게도 집 안 어딘가 횅한 기운이 감돌았다. 남의 집처럼 낯설기도 했고, 천장은 더 높아 보이는 데다 바닥은 평소보다 넓어 보였다. 비어 있는 소파는 유난히 횅댕그렁했다. 여자는 눈앞에서 쉴 새 없이 움직이는 얼룩 탓이라고 생각했다.

한낮인데도 햇빛은 비치지 않았다. 커튼을 젖혀봤지만 하늘은 온기 없이 온통 뿌연 잿빛이었다. 썰렁한 기분을 없애기 위해 오디오의 전원 스위치를 눌렀다. CD 플레이어뿐만 아니라 라디오도 켜지지 않았다. 여자는 깜짝 놀랐다. 몇 년 전에 남편이 큰맘 먹고 장만한 값비싼 오디오였다. 이상한 일이었다. 이제껏 단 한 번도 고장 난 적이 없던 거였다. 언짢아할 남편의 얼굴이 어른거렸다.

여자는 오디오에서 망가진 동요 테이프를 발견했다. 여자가 힘주어 테이프를 꺼내려 했지만 테이프는 탯줄처럼 오디오 내부에 깊숙이 박혀 있었다. 여자는 꽥 비명을 지르며 오디오를 주먹으로 쳤다. 그러곤 요리를 만들어야 한다고 생각했다. 여자는 요리를 즐겼다. 아니, 매달릴 수 있는 것은 오직 요리밖에 없었다. 잔치라도 앞두고 있을 때면 여자는 거의 잠을 자지 못했다. 침대에 누워서도 어떤 요리를 할까 고심하고, 심지어 머릿속으로 요리를 만들어보기도 했다. 이리저리 생각하다 벌떡 일어나서 메모하다가는 부엌에 나가 그릇의 개수를 세기도 했다. 때론 녹말가루나 향신료 따위가 떨어지지 않았는지 두세 번 확인하기도 했다. 몸은 피곤했지만 그때만큼 행복하고 즐거운 시간은 없었다. 손님들의 입으로 자신이 만든 음식이 들어가면 여자는 온몸에 전율이 일 정도로 쾌감을 느꼈고, 온몸이 녹초가 되어야만 똑같은 하루를 그나마 잊어버릴 수 있었다.

여자는 일주일에 한두 번 정도 집으로 아는 사람들을 초대했다. 초대를 하지 않으면 병이 날 정도였다. 다른 일에서는 즐거움이나 보람을 찾을 수 없었고, 아무런 기대감도 갖질 못했다. 마치 삶을 이어주는 생명줄이라도 된 양 여자는 사람들을 초대했고, 식사와 디저트 그리고 차를 대접했다. 어떨 때는 누구를 초대했었는지, 무슨 일이 있었는지 기억하지 못할 때도 더러 있었다. 다만 여러 가지 음식들이 누군가의 입으로 들어가는 잔영만이 머릿속에 남아 있었다.

어떤 요리를 더 만들까 생각하던 여자는 문득 남편의 직장 동료들을 떠올렸다. 남편에게 있어 생일은 그저 달력에 박힌 여느 날과 다름이 없었다. 남편은 자신의 생일이라고 해서 특별한 음식을 요구하진 않았다. 내가 좋아하는 찌개군. 그게 다였다. 며칠 전에는 신혼 때 선물했던 생일 선물을 발견했다. 가지만 한 코끼리 코가 붙어 있는 속옷이었다. 포장만 뜯은 그대로였다. 진짜 선물을 주기 전에 준비했던 장난스런 선물이었지만 남편은 웃지도, 화내지도 않았다. 재미는 있겠지만 입기엔 매우 불편해 보이는걸. 남편은 그렇게 말하고 조용히 여자에게 건네주었다. 남편은 그런 사람이었다. 분명 직장 동료 그 누구에게도 생일이라고 말하지 않았을 터였다. 여자는 깜짝파티를 떠올렸다. 남편 직장 동료들을 초대해야겠다고 마음먹었다.

여자는 수첩을 꺼냈다. 여자의 수첩엔 각종 번호들과 기념일들이 빼곡하게 적혀 있었다. 여자가 현관문의 비밀번호를 기억하지 못해 남편이 퇴근할 때까지 문 앞에서 기다린 이후 남편이 만들어준 것이었다.

— 나한테 전화라도 하지.

현관 앞에서 쭈그린 채 앉아 있는 여자를 일으키며 남편이 말했다.

— 휴대폰 번호나 회사 전화번호도 도무지 기억이 안 나요.

여자는 현관에서 한참을 울었다. 나이 탓인지, 얼룩 탓인지 알 수 없었다. 그 뒤로 여자는 남편이 만들어준 수첩에 의지했다. 그러지 않으면 장을 보고 집으로 들어올 수도 없었다.

여자는 수첩에서 남편 직장의 전화번호를 찾았다. 전화를 해 남편의 직장 상사를 찾았다.

— 너무 갑작스럽죠. 하지만 깜짝파티니까요.

가족 동반 모임에서 몇 번 만난 적이 있는 남편의 직장 상사는 저녁에 시간이 되는 직원들과 함께 가겠다고 말했다.

— 남편에겐 비밀로 해주세요. 놀라게 해주고 싶어요.

— 물론입니다.

통화를 마친 여자는 서둘렀다. 여자는 마치 사활이 걸린 일에 당면한 것처럼 마음을 진정시킬 수가 없었다. 점점 욕심이 생겼다. 요리 책을 열어볼 때마다 만들고 싶은 요리의 가짓수가 늘어났다. 요리 방법을 꼼꼼히 적어놓은 노트를 보고 집에 있는 재료를 뒤져보았다. 장을 볼 시간이 없는 게 아쉬웠다. 여자는 비슷한 재료를 응용해 요리를 만들기로 했다.

퇴근 시간이 될 때까지 여자는 스무 가지가 넘는 온갖 요리를 준비했다. 오랜만에 해보는 요리도 꽤 있었다. 생각보다 음식의 모양이나 빛깔이 근사했고 무엇보다 맛이 좋았다.

여자는 남편에게 문자를 보냈다. 여보, 퇴근길에 여의도에 들러 만두 좀 사다 줘요. 그 집 만두가 너무너무 먹고 싶어요.

남편이 여의도에 들러 만두를 사 온다면 삼십 분 이상은 시간을 벌 수 있었다. 여자는 앞치마를 벗고 가장 근사한 드레스를 꺼냈다. 거울 앞에서, 자신이 만든 음식 냄새를 맡으며 여자는 행복했다.

여자의 계획대로 남편의 직장 동료들이 먼저 왔다. 여자는 고깔모자와 풍선과 폭죽을 준비하지 못한 것이 아쉬웠다. 여자는 인사를 받고 인사를 했다. 처음 보는 직원들도 전혀 낯설지 않았다. 음식을 본 그들은 탄성을 쏟아냈다. 여자는 그들에게 음식에 대한 설명을 곁들였다. 올리브유로 데칠 땐 약한 불로 잠깐 익히는 게 중요하죠. 칠리소스에 마요네즈를 섞었는데, 어때요? 색깔이 너무 예쁘지 않나요? 여자의 질문과 설명에 그들은 가끔 고개를 끄덕였다. 그들이 알아듣는 건 중요하지 않았다. 여자는 요리 방법과 재료의 배합에 대해 자신이 설명하는 게 중요했다. 여자가 요리에 대한 이야기를 하는 사이 현관문 열리는 소리가 났다.

신발을 벗으려던 남편은 깜짝 놀랐다. 놀란 남편에게 동료들이 동시에 생일 축하한다고 박수를 치며 인사를 했다. 남편은 만두도 떨어뜨린 채 동료들의 손에 이끌려 자리에 앉혀졌다. 여자는 술을 꺼냈다. 모두들 시끌벅적하게 떠들었다. 남편도 그들을 따라 건배도 하고 가끔 웃기도 했지만 남편의 웃음은 마치 물기 빠진 두부처럼 푸석했다. 여자도 남편 옆에 앉아 남편과 건배를 나누었다. 남편은 마치 머리가 아픈 사람마냥 가끔씩 미간을 찌푸리며 커다란 접시에 담겨진 음식들을 따분하게 바라보았다. 남편의 동료들은 음식을 먹을 때마다 호텔의 식당보다 맛이 좋다며 칭찬했다. 여자는 기뻤다. 모처럼 마신 술기운이 목을 타고 발바닥까지 전해지는 느낌이었다.

손님들이 돌아간 뒤였다. 얼마 남지 않은 음식을 마냥 바라보고 있는 여자에게 느닷없이 남편이 소리쳤다.

— 만족해? 이젠 만족하냔 말이야?

여자는 무슨 오해가 있다고 생각했다.

— 오늘이 대체 무슨 날인지 알기나 해?

남편은 잠시 여자를 노려보다 아무 말 없이 방으로 들어갔다. 여자는 소파에 주저앉았다. 여자는 먹다가 남긴 음식을 보았다. 자신이 남은 음식보다 못하다는 생각을 했다. 여자는 일어나 찬장으로 가서 닥치는 대로 약을 꺼내 먹었다. 오늘이 대체 무슨 날이라니. 여자는 남편의 말을 생각하며 수첩을 찾았다. 그러곤 수첩에 적혀 있는 남편 생일과 달력에 있는 날짜를 비교해보았다. 그러자 오 개월 이상 차이가 났다. 그런데 왜 오늘이 아주 중요한 누군가의 생일인 것처럼 느껴졌을까? 여자는 아무리 생각해도 알 수 없었다.

— 대체 오늘이 무슨 날인지 알긴 아는 거야?

화를 참지 못한 남편이 방에서 나와 다시 소리쳤다. 남편은 여자에게 제정신이 아니라고 말했지만 여자는 이해할 수 없었다. 여보, 당신이 만들어준 수첩에는 오늘이 무슨 날인지 아무런 표시가 없어요. 하지만 난 왜 오늘이 당신 생일이라고 생각한 거죠? 아무리 떠올려도 여자는 알 수 없었다.

남편은 다음 날 출근하지 않았다. 아침 식사를 함께한 남편은 오전이 지날 때까지 집에 틀어박혀 컴퓨터만 보았다. 여자로서는 처음 보는 일이었다. 전날 있었던 일 때문일까. 여자는 묻고 싶었지만 두려웠다. 날짜와 요일조차 구분할 수 없게 된 자신이 원망스러웠다.

점심 무렵, 남편은 방에서 나왔다. 그러고는 여자에게 함께 외출하자고 말했다. 외출이란 말을 듣는 순간 여자는 기뻤다. 붙잡고 흔들면 시간도 깨지는 법이야, 여자는 화장대 앞에서 중얼거렸다. 여자가 고르고 고른 옷은 새하얀 원피스였다. 춥지 않을까, 라고 여자가 물었지만 남편은 시계를 보며 괜찮다고 했다. 여름이 떠난 자리는 깊고 넓은 하늘이 차지하고 있었다. 드러난 어깨가 추웠지만 손으로 감싸는 걸로 충분했다. 여보, 어디로 갈 거야? 여자는 오랜만에 동물원에 가보고 싶었다. 동물원? 음. 남편은 고개를 끄덕였지만 남편이 여자를 데리고 간 곳은 정신과 의원이었다. 여자는 정신과라는 간판을 보자 어지럽고 아득해지는 기분을 느꼈다. 엘리베이터에서 나는 소리가 명치를 꽉 눌렀고 여자의 몸은 부표처럼 흔들렸다. 여보, 잘못했어. 여자는 남편에게 말하고 싶었다. 엘리베이터에서 내렸을 때 여자는 남편의 손을 잡고 늘어졌다. 남편이 여자의 손을 꼭 잡았다. 여자는 고개를 흔들며 뒷걸음질 쳤다. 여자는 말을 하고 싶었지만 이상하게도 입술을 뗄 수가 없었다. 하늘이 핑 도는 듯 어지러워 그 자리에 주저앉고 싶었다. 갑자기 몸이 경직되었고, 손발이 저려왔다.

—별일 아니야. 그냥 상담만 할 거야.

남편이 말했지만 여자는 갑자기 언어를 잃어버린 것 같았다. 여자는 무슨 말을 해야 할지 알 수 없었다.

—정상으로 돌아가야지.

여자는 무서웠다. 남편이 무서웠고, 정상이란 말이 무서웠다. 정상이라니, 남편이 말한 정상이란 말이 머릿속을 헤집고 다녔다. 여자는 구역질을 했다. 침과 섞인 신물이 남편의 구두 앞으로 주룩 떨어졌다. 여자가 화장실에 가려 하자 그제야 남편은 잡고 있던 손을 놓아주었다. 여자는 벽에 부딪혀가며 겨우 화장실로 들어갔다. 변기를 붙잡고 토했지만 비린 물만 조금 나왔다. 그런데도 헛구역질은 멈출 수 없었다. 여자는 약을 먹고 싶었다. 닥치는 대로 아무 약이나 먹고 싶었지만 가방 안 어디에도 약은 없었다. 약을 찾아야 돼. 여자는 화장실 문을 열고 뛰쳐나갔다. 남편이 잡을 틈도 없이 여자는 계단을 마구 뛰었다. 남편이 곧바로 여자를 쫓았지만 여자는 계단을 서너 개씩 건너뛰었다.

건물을 빠져나온 여자는 가장 가까운 약국으로 들어갔다. 약국에 진열된 약들을 보자 여자는 겨우 진정할 수 있었다. 숨을 돌린 여자는 약국 밖에서 두리번거리고 있는 남편을 보았다. 남편은 방향을 정했는지 어디론가 급하게 뛰어갔다. 남편이 지하철역 방향으로 간 것을 확인한 여자는 약을 고르기 시작했다. 여자는 진열된 약들 중에서 골고루 하나씩 집었다. 투명한 캡슐 안에 빨간색과 흰색의 알갱이들이 들어 있는 약 이름을 떠올렸지만 잘 생각나지 않았다. 여자는 소염제와 거담제 그리고 구충제와 두통약을 따로 주문했다.

—어디, 약국 차리세요?

여자가 내려놓은 약들을 보며 약사가 말했다. 약사가 농담을 건넸지만 여자는 전혀 웃지 않았다. 약국을 나온 여자는 옆에 있는 편의점에서 생수를 샀다. 생수의 뚜껑을 따려는 순간 여자의 눈에 들어온 것은 생수의 뒷면 라벨에 적혀 있는 문구였다. '구입 후 가급적이면 빨리 드시기 바랍니다.' 그래, 그래. 당연하지. 여자는 손에 잡히는 알약들부터 하나, 하나씩 집어 삼켰다.

불을 밝히기 시작한 도심의 불빛들은 마치 얼룩 같았다. 여자는 손을 뻗어 진짜인지 아닌지 잡아보려 했지만 손에 잡힐 리 없었다. 여자는 지나가는 사람들에게 얼룩에 대해 묻고 싶었지만 차마 그럴 수는 없었다. 정상으로 돌아가야지. 남편의 말이 여자의 가슴을 잡고 떠나지 않았다. 여자는 어디로 가야 할지 알 수 없었다. 여자가 아주 어릴 때 아빠의 손을 잡고 갔던 동물원은 도심 외곽으로 이전한 지 오래전이었다. 맹렬하게 살았다곤 할 수 없지만 남들이 하는 만큼은 살았다고 여자는 생각했다. 하지만 지금 자신에게 무엇이 남았는지 알 수 없었다. 고작 시계에 밥을 주기 위해 살아온 것뿐이라는 생각이 들었다.

째깍, 째깍. 고장 나면 안 돼. 시간이 틀리면 안 돼. 함부로 알람을 울리면 안 돼. 바쁘게 움직이는 사람들의 틈바구니에 치인 여자는 더 이상 걷지 못하고 길가에 주저앉았다. 도시는 꼭 동물원 같았고, 분주히 돌아다니는 사람들은 모두 우리 안을 돌아다니는 동물들 같았다. 드러난 어깨로 다시금 추위가 밀려왔다. 공중전화를 찾아 남편에게 전화를 해봐야겠다고 생각했지만 도무지 번호가 생각나지 않았다. 아니, 자신이 살던 아파트의 동과 호수조차 기억나지 않았다. 누군가가 자신에게 날짜와 요일을 묻지 않을까 덜컥 겁이 났다. 지금까지 살아온 것은 시계와 시간을 위한 것뿐이었다. 여자는 시계와 시간으로부터 단 한 번도 벗어난 적이 없었다는 사실을 깨달았다.

여자는 가까운 지하철역으로 들어가서 시외버스 터미널을 찾았다. 환승역 이름과 노선을 잊어버릴지도 몰라 수첩에 몇 번이고 적었다. 그러나 여자의 걱정과는 달리 시계처럼 정확하게 정해져 있는 지하철 노선은 여자를 어렵지 않게 여자가 원하는 곳까지 데려다주었다. 여자는 터미널로 가면서 지갑 안에 있는 돈을 꺼내보았다. 지폐만 이만 칠천 원이 있었다. 창구에 가서 여자는 이만 칠천 원을 내밀었다. 그러고는 목적지를 말하지 않고 이만 칠천 원으로 살 수 있는 표를 달라고 말했다. 칸막이 건너편에 있던 매표소 여직원이 칸막이에 얼굴을 바싹 붙이고는 여자를 잠깐 보았다. 이혼이라도 당했나? 그렇게 생각한 여직원은 얼굴을 떼고 자리에 앉았다. 여직원은 요금표와 지명을 확인했다. 이만 칠천 원으로 갈 수 있는 곳은 막차가 떠나고 없었다. 지금 출발하는 가장 근사치는 일만 칠천 원이었다. 여직원은 여자에게 괜찮은지 물었다. 여직원이 말한 지명은 여자로서는 처음 듣는 곳이었다. 그러나 어차피 상관없었다. 여직원은 여자에게 잔돈과 함께 표를 내밀었다. 여자가 표와 잔돈을 받고 가자 여직원은 가장 친한 친구에게 문자를 보냈다. 여직원의 친구는 영화를 찍고 함께 공부하는 모임에서 만난 약사였다. 어머, 어머. 세상에. 나 오늘 별 희한한 여자를 만났어, 글쎄 그 여자가…… 여직원이 문자를 보내고 얼마 지나지 않아 약사인 친구에게서 답장이 왔다. 얘, 나도 오늘 약국에서 말이야, 이상한 여자를 만났는데, 글쎄 그 여자가 어디에 약국이라도 차리려는지…… 여직원과 약사는 다시 한 번씩 문자를 주고받았다. 그 사이에 여자는 생수 한 병을 사서 버스에 올라탔다.

버스 안은 춥지도 덥지도 않았고, 그래서 여자는 마음에 들었다. 빈자리가 많아 여자는 가장 구석진 곳에 앉았다. 버스가 흔들리면 흔들리는 대로 몸을 맡겼다. 창문에 이슬이 맺힌 것인지, 비가 내리는 건지, 혹은 얼룩이 보이는 건지 알 수 없었다. 창문에 유령처럼 흐릿하게 비치는 모습이 자신인지 아니면 얼룩인지도 알 수 없었다. 버스가 목적지를 가지 못하고 낭떠러지에서 추락하거나, 아니면 기사가 버스를 납치해 어디론가 데려간다 해도 상관없을 것 같았다. 여자는 그런 생각을 하며 잠시 눈을 붙였다.

여자가 다시 눈을 뜬 것은 누군가가 자신의 드러난 어깨를 만졌기 때문이었다. 여자의 옆자리에는 언제 왔는지 낯선 사내가 앉아 있었다. 사내는 자신의 성기를 드러낸 채 한 손으로는 자신의 성기를 붙잡고 다른 한 손으로는 조심스럽게 여자를 만지고 있었다. 여자는 처음엔 놀랐지만 생각할수록 우스웠다. 여자가 깨자 당황하던 사내는 여자가 미소를 띠며 웃자 더욱 당황했다. 여자는 당황하는 사내의 성기를 쥐고 가볍게 흔들어주었다. 사내는 얼마 참지 못하고 사정했다. '넘어지지 않으려면 이보다 못한 버스 손잡이도 잡는데', 여자는 생각했다.

사정한 사내는 바지를 올리고는 얼굴이 빨개진 채 자신의 자리로 돌아갔다. 겁을 먹었는지 여자를 돌아보지도 않았다. 여자는 다시 웃음이 터져 나왔다. 남편 앞에서 다리를 벌린 게 사랑 때문이라고 생각했던 신혼 때의 자신이 생각났고, 시간이 맞지 않을까 봐 꼬박꼬박 시계에 밥을 주고, 남편을 출근시키고, 퇴근을 기다리고, 얼룩 하나 묻혀 오지 않는 셔츠와 양복을 세탁하고, 다림질하던 모습이 생각나자 여자는 웃음을 참을 수 없었다. 아이가 죽은 다음 까맣게 잊어먹고 있었던 웃음이었다. 그동안 살면서 넘어지지 않으려고 붙잡았던 걸 생각해봐. 지푸라기라도 잡으려고 발버둥들 쳤잖아. 그런 것들도 붙잡고 늘어지며 살아온 마당에 지푸라기보다 못한 성기 좀 잡았다고 뭐가 나 빠지겠어? 버스 손잡이나 지푸라기보다 못한 게 남자들의 성기라고 생각해. 사랑 때문에 다리를 벌렸다니, 세상에.

그런 생각을 하자 여자는 더욱 웃고 싶어졌다. 여자가 깔깔거리며 웃자 여자의 웃음소리를 더 이상 참지 못한 사내가 자리를 다시 옮겼다. 사내가 새로 옮긴 자리는 여자와 가장 멀리 떨어져 있는 버스 기사 바로 뒷자리였다. 자리에 파묻히듯 앉은 사내는 윗도리로 귀를 가린 채 고개를 숙였다. 여자는 시계를 깨부순 느낌을 받았다. 시간에서 탈출해 비로소 시간과는 상관없이 혼자 살 수 있겠다는 자신이 생겼다. 버스는 부드럽게 흔들렸고, 비가 멈춘 것인지 아니면 얼룩이 사라졌는지 선명한 자신의 얼굴이 창문에 비쳤다. 사내의 목적지인지 아닌지 알 수 없지만 어쨌든 사내는 첫번째 경유지에서 황급히 내렸다. 여자가 창밖으로 쳐다보자 사내는 남편이 그랬던 것처럼, 주변을 두리번거리더니 어디론가 뛰어갔다. 사내들이란, 여자는 뛰어가는 사내를 바라보며 중얼거렸다.

여자가 버스에서 내린 시각은 새벽 두 시를 넘겼을 때였다. 여자가 도착한 곳은 아주 작은 마을이었다. 여관 한두 곳만이 아무도 보지 않는 네온사인을 밝히고 있었고, 하품하는 택시 기사 한 명만 터미널 앞에 있었다. 여자는 어디로 갈지 주위를 둘러보았다. 새벽 추위가 밀려왔지만 가게 문은 모두 닫혀 있었다. 단층짜리 건물들이 사거리를 중심으로 잠든 짐승처럼 웅크리고 있었다. 도시처럼 편의점 하나가 길 건너편에서 불을 밝히고 있었지만 여자는 편의점에 가고 싶은 마음이 없었다. 그렇다고 퀴퀴한 냄새가 나는 여관방에 들어가 잠을 자고 싶지도 않았다. 그러나 편의점과 여관 외에는 불을 밝히고 있는 곳이 아무데도 없었다.

—어디 찾으시는 데 있습니까?

하품만 연신 해대던 기사가 물었다. 여자는 구천 원 정도로 갈 수 있는 곳이 어딘지 물었다.

—구천 원이라.

기사는 목덜미를 만지며 중얼거렸다.

—갈 수 있는 데야 많이 있지만, 이 시간에…… 어디 보자.

기사는 여자에게 타라고 말했다. 여자가 뒷좌석에 앉자 기사는 시동을 걸었다. 이 시간이 넘도록 항상 불을 밝히고 있는 곳이 있다고 했다. 간단히 요기도 할 수 있을 테고, 아주 싼값에 잠을 잘 수도 있는 곳이라고 했다.

—여동생인지, 딸인지 모르겠지만 여자아이를 데리고 카펜지, 민박집인지 뭐 그런 걸 강가에서 하는 사람이 있어요. 구천 원이 넘게 나오는 거리지만 아주머니가 불쌍해서 내가 데려다주는 거요.

택시는 강가를 따라 달렸다. 여자가 창문을 조금 열자 강에서부터 약간 비린 냄새가 풍겨 왔다. 기사는 오디오를 켰다. 옛

날 가요였다. 기사는 가요를 따라 부르며 말했다.

— 요즘 노래보다 난 이게 좋더만.

가로수들 사이로 강물이 보였다. 밤에 보는 강물은 처량했다. 유심히 보지 않으면 강물인지 흙바닥인지 알 수 없을 것 같았다.

— 이런 젠장. 구천 원 벌려고 두 시간이나 손님 기다리며 고생했네. 도시는 그렇지 않죠?

기사가 투덜거리며 여자에게 말했다.

— 사십 년을 살면서 한 푼도 벌지 못한 사람도 있어요.

— 그게 뭐요? 그렇다면 그 사람은 비정상이지.

여자는 웃음이 새 나왔다. 여자가 창문을 올리자 강물이 흐르는 소리 대신에 가요만이 택시 안을 가득 메웠다.

— 그래, 도시는 좀 어때요?

— 도시요? 도시는…… 동물원 같아요.

여자가 말하자 기사는 피식 웃었다. 기사는 여자와 나누던 대화에 흥미를 잃은 듯 노래만 따라 불렀다.

택시는 '울란바토르'라는 간판 앞에서 멈추었다. 기사의 말처럼 통유리로 된 가게 안은 불이 훤했다. 여자는 구천 원을 주고 잔돈을 찾아 더 주려고 했지만 기사는 관두라며 택시를 돌려 나갔다. 여자는 가게 안으로 들어갔다. 책을 읽고 있던 한 남자가 고개를 들었다. 남자는 인사를 하고 여자에게 편안한 자리에 앉으라고 말했다.

— 묵고 가실 건가요?

남자가 물었지만 여자는 대답하기가 여러 가지로 난처했다. 더 이상 돈도 없을뿐더러 눈앞에 있는 이 남자가 자신이 여기까지 오게 된 일을 알 수 있을까 하는 생각도 들었다. 사십 년이 되도록 지켜왔던 시간과 시계와 그것으로부터의 탈출을 이 남자가 알 수 있을지에 대해서도 의문이었다. 같은 무늬의 벽지를 보며, 아무것도 이룬 게 없으며, 아이가 죽은 다음부터 날짜와 요일을 기억하지 못하며, 시계에 밥을 주고, 얼룩 하나 없는 옷을 또다시 세탁해야만 하는 자신에 대해 이해할 수 있을지 의문이었다.

— 여자…… 필요하나요?

여자가 묻자 남자는 하하, 소리 내 웃었다.

— 그럼 혹시 요리사는 필요하나요?

여자가 다시 묻자 남자는 잠시 생각하더니 글쎄요, 그건 생각해보죠, 라고 말했다. 여자는 그제야 자리에 앉았다. 여자는 카페 한 벽을 가득 메운 책들을 보았다.

— 저 책들은 다 읽으신 거예요?

남자는 뒤를 돌아 책장을 보았다.

— 아닙니다. 저도 읽기 시작한 지 얼마 되지 않아요.

— 맥주 한 잔 외상으로 얻어 마실 수 있을까요?

여자를 조용히 보던 남자는 고개를 끄덕인 다음 주방으로 들어갔다.

여자는 통유리 밖을 내다보았다. 온통 어둠만이 깔려 있어 멀리 산이 보이는지, 강물이 흐르고 있는지 분간할 수 없었다. 어쩌면 여긴 사막인지도 몰라, 여자는 생각했다. 그러자 여자는 갑자기 잠이 밀려오는 것을 느꼈다. 어깨가 가라앉으며 몸이 차츰 무거워졌고, 목에 힘이 서서히 풀렸다. 남자가 맥주를 가지고 걸어오고 있었지만 여자는 그 모습이 진짜가 아니라 얼룩에 지나지 않을지도 모른다고 생각했다.

어느 맑은 가을 아침
갑자기

1

남자는 여자의 몸이 악기 같다고 생각했다.

— 비가 오네.

남자가 말하자 여자는 고개를 들어 잠시 하늘을 봤다. 여자가 손바닥을 들었지만 여자의 손바닥엔 작은 빗방울 하나도 떨어지지 않았다. 대신 남자의 컵에 빗방울 하나가 톡 떨어졌다. 남자는 수첩을 꺼내 일정표를 보았다. 제법 차가워진 바람이 무대 뒤에 있는 낮은 산에서부터 내려왔다. 큰비가 오려는지 나무들이 해초처럼 흔들렸다. 남자는 다음 날 있을 지방 공연에 동그라미를 그렸다.

— 다른 매니저들은 휴대폰으로 일정관리를 하던데.

업소 주인이 와서 남자에게 말했다. 주인이 남자의 어깨를 쳤다. 남자가 옆으로 자리를 비키자 주인이 맥주를 내려놓으며 앉았다. 주인은 잿빛이 도는 자주색 셔츠를 입고 있었는데, 소매 부근에 너덜너덜하게 올이 풀려 있었다. 입에서는 술냄새가 풍겼다.

가게는 야외 공연장을 중심으로 반원을 그리며 실내 레스토랑까지 갖추고 있어 넓었다. 하지만 늘어난 군살처럼 형편없었다. 햇빛에 바랜 포스터가 우울증 환자 같은 얼굴을 하고 벽마다 걸려 있었다. 실내는 거의 비었고, 공연장이 있는 야외의 중앙 테이블에만 손님들이 있었다. 그들은 술에 잔뜩 취한 사십대들이었고, 양주와 맥주를 섞어 마시며 가끔씩 노래를 따라 부르고 있었다.

— 작은 기타네.

여자가 조율하고 있는 우쿨렐레ukulele를 보며 주인이 말했다. 여자는 주로 하모니카와 우쿨렐레로 연주하며 노래했다.

— 기타가 무거운 빗소리 같다면 우쿨렐레는 가랑비처럼 맑고 가벼운 소리를 냅니다.

남자가 말하자 주인은 고개를 갸우뚱거렸다. 주인이 명함을 주자 남자도 주인에게 명함을 건넸다. 남자는 주인이 준 명함을 보았다. 라이브 뮤직바, '꼭 그렇진 않았지만'. 산울림의 노래 구절이었다.

남자는 수첩에 명함을 넣었다. 여자는 허브사탕을 하나 꺼내 입에 넣었다. 여자는 공연 전과 후에 허브사탕을 하나씩 먹었다. 앞선 공연이 끝나자 여자는 우쿨렐레를 들고 천천히 일어났다. 여자가 주인에게 고개 숙여 인사를 하자 주인은 한 손을 흔들었다.

—얼마 전에 이혼을 했는데 말입니다. 이혼을 하고 나니 달력이나 시계조차도 무의미해지더군요. 김치를 사 오면 냉장고에 뜯지도 않은 김치가 한가득 들어 있고, 세탁기를 연속해서 두 번이나 돌린 적도 있어요.

주인의 말에 남자는 의례적으로 고개를 끄덕여주었다. 무대 위로 올라간 여자가 인사를 하고 첫 노래를 불렀다. 사람들의 박수와 함께 담배 연기가 재미없는 농담처럼 잠시 퍼졌다가 사라졌다. 공연하는 여자의 머리 위로 주황색 전구가 하품하는 것처럼 꺼졌다가 켜졌다. 주인이 여자의 노래와 연주를 지켜보았다. 남자는 가방에서 책을 꺼내 읽기 시작했다.

……아시겠지만 "너무도 유명한 무명 예술가"란 말은 비틀스의 멤버였던 '존 레논'이 아내 '오노 요코'를 두고 한 말이기도 합니다. 오노 요코가 예술가다 아니다 사실 지금까지 말이 많은 게 사실입니다만 제 개인적인 의견으론 오노 요코의 행위예술은 분명히 예술이라고 생각합니다. 특히 오노 요코의 옷 자르기, '컷 피스Cut Piece 퍼포먼스'는 오노 요코가 예술가임을 알려주는 매우 중요한 공연이라고 말할 수 있습니다.

'옷 자르기' 공연에 대해 잠시 설명을 하자면, 어두운 무대 위에 오노 요코는 무릎을 꿇고 가만히 앉아 있습니다. 스포트라이트는 눈을 아래로 응시하고 있는 오노 요코만을 비추고 있습니다. 오노 요코는 마치 처분을 기다리는 죄수 같습니다. 진행자가 나와서 관객들에게 가위를 주고 오노 요코의 옷을 자르게 합니다. 일본에서 가졌던 첫 공연과 이후 가졌던 공연에서 관객들의 반응은 조금씩 달랐지만, 모든 공연에서 확실하게 볼 수 있었던 점은 오노 요코의 옷이 잘려 나가면 나갈수록 관객들의 동작이나 반응이 더욱 뜨거워졌다는 점입니다. 제가 그러니까, 지켜보았던 공연이 샌프란시스코 공연이었는데, 아마 그 공연이 마지막 공연이었던 걸로 기억합니다만, 옷이 잘릴 때마다 관객석에서 조용히 터져 나오는 숨소리가 아직도 생생하게 기억이 납니다. 가위질할 때마다 옷의 천이 잘려나가는 소리도 말입니다. 그때는 살이 빠지기 전이라 오노 요코의 얼굴은 통통한 편이었습니다. 몸에 살도 제법 있었고 말입니다. 전형적인 동양 여성의 모습이었습니다.

어쨌거나 저는 그 공연을 지켜보면서 남성들이 가하는 가위질을 통해 표현되는, 일종의 여성들의 숙명 같은 것을 느꼈습니다. 부디 마지막 천은 자르지 말았으면 하는 제 개인의 바람에도 불구하고 처연히 걸어 나와 마지막 천까지 자르고 말던 어떤 신사의 가위질과 그의 시선까지 생생하게 기억하고 있습니다. 잘려 나간 천 사이로 드러난 오노 요코가 입고 있던 순백의 속옷들도 말입니다.

그런데 왜 오노 요코는 유명한 예술가란 소릴 듣지 못하고 존 레논이 붙여준 설명처럼 "너무도 유명한 무명 예술가"란 소릴 들어야만 했을까요. 그건 바로 비틀스의 광적인 팬들이 오노 요코를 싫어했기 때문입니다. 오노 요코에게 존 레논을 빼앗겼다고 생각한 팬들은 오노 요코를 폄하하고 저주하고 일종의 마녀로 몰아붙입니다.

— 역시 가볍군요.

주인이 책을 읽던 남자의 어깨를 치며 말했다. 남자가, 네? 하고 되묻자 주인은 노래하는 여자와 우쿨렐레를 가리켰다.

— 우쿨렐레 소리 말입니다. 보통 기타에 비해 말입니다.

— 아, 네.

첫번째 노래를 마친 여자가 가벼운 농담을 던졌다.

— 제 아는 분이 이혼을 하려고 변호사를 찾아갔대요. 여직원에게 변호사가 어디 갔는지 물었더니 여직원이 하는 말이, 변호사님 지금 이혼하러 법정에 가셨는데요, 하더래요.

손님들의 반응은 좋지 않았다. 공기가 마치 플라스틱이라도 된 것처럼 딱딱해졌다. 여자는 엷은 미소를 짓더니 우쿨렐레를 매만졌다.

— 제 농담이 먹히지 않으니, 그냥, 노래하겠습니다. 다음 불러드릴 노래는, 여기 계신 분들 중에 한 이십 퍼센트 정도 아실

것 같은데요……

마이크 때문인지 여자의 목소리가 지구에 매달린 대기처럼 무대 위를 떠돌았다.

— 와인 전문가라고 해야 하나, 아님 와인 감별사라고 해야 하나.

주인이 맥주를 한입 마시면서 말했다.

— 소믈리에 말이에요?

남자가 묻자 주인은 고개를 끄덕였다.

— 맞아요, 소믈리에. 바리스타, 아이팟, 우쿨렐레…… 낯선 단어들은 어느새 익숙해졌는데, 어째서 익숙하던 단어들은 잘 떠오르지 않는지 말입니다. 이혼한 뒤로 더 심해진 것 같아요. 일상생활은 더 이상 자를 수 없는 얇은 조각이 되었어요. 만질 수도 없고 붙잡을 수도 없는, 너무도 미세한 조각들로 잘게 부서져…… 가위질이 무색할 만큼 말입니다.

주인이 말하자 남자는 고개를 끄덕여주었다. 남자가 별다른 관심을 보이지 않자 주인은 악기 이야기를 했다.

— 가볍지만 소리가 아주 좋군요.

여자는 두번째 노래를 불렀다. 남자는 여자의 연주와 노래를 들으면서 여자가 공연을 하는 것이 아니라 자학을 하고 있는 건지도 모른다는 생각을 했다. 언제든지 달려갈게, 무조건 달려갈게…… 여자의 손가락이 우쿨렐레 줄 위를 파도처럼 넘나들었다.

— 내가 이 가게 인수하기 전까지 뭐 했는지 아세요?

— 글쎄요.

— 망망대해에 있었습니다. 동해 먼바다에 있던 가스 시추선이었는데, 대양 2호라고.

주인은 맥주잔 끝을 손가락으로 빙빙 돌려가며 만졌다.

— 한 십 년 있었나? 몇 개월만 바다를 보고 있어봐요. 시퍼런 바닷물이 목을 조이는 것 같아요.

주인이 남자에게 맥주를 권했지만 남자는 운전 때문에 사양했다.

— 바닷물만 보고 있을 땐 그토록 시계와 달력에 집착했습니다. 그래서 육지로 휴가 나갈 날만 헤아렸는데 말입니다. 막상 육지로 와서 살다가 이혼을 하니 시계와 달력처럼 무의미한 것도 없더란 말입니다.

주인이 종업원에게 빈 맥주병을 흔들어 보였다. 잠시 후 종업원은 맥주 한 병을 더 가져왔다.

— 기껏 고립된 바다를 빠져나왔더니 외롭기는 육지에서도 똑같더란 말입니다. 생존의 터전이 바다에서 여기 육지로 바뀌었지만 그건 고작해야 액체에서 고체로 바뀐 사실 말고는 아무것도 아니에요. 질량보존의 법칙처럼 말입니다.

남자는 잠시 생각했지만 주인의 말에 대답할 적당한 말을 찾을 수 없었다. 남자와 주인은 여자의 공연을 잠시 지켜보았다. 여자의 노래와 연주가 흥겨운 노래로 바뀌었지만 공기는 여전히 플라스틱처럼 딱딱했다.

— 그거 아세요? 비닐봉지도 액체에서 만들어진다는 것을. 신기하지 않아요? 공룡들이 썩어 석유가 되고 그 석유로 비닐을 만들어, 그 안에 기체든 고체든 담을 수 있다는 게 말입니다.

여자가 세번째 곡을 마치자 여기저기서 박수 소리가 조금 나왔다.

— 소리는 담을 수 없지 않겠습니까?

남자가 말할 때 주인은 잠시 허공을 쳐다보며 생각에 잠겨 있었다.

— 네?

— 비닐 말입니다. 물이든 공기든 담을 수 있지만 소리는 담을 수 없지 않나요?

— 그렇군요.

— 시추선에서의 일은 왜 그만두었나요?

— 내구성의 시대는 갔으니까요. 가스가 화수분도 아닐 테고. 단단한 것, 오래가는 것은 이미 옛말이지요.

— 그렇군요.

— 그거 아세요? 1917년 인도의 비하르Bihar에선 암소를 잡아먹는 이슬람교도들에게 분노해 힌두교도들이 유혈폭동을 일으켰습니다. 수십 명이 살육되었고 수백 채의 집이 파괴되었죠. 간디는 암소 숭배를 열렬히 찬성했고, 암소도살금지법이 전면적으로 제정되기를 바랐어요. 간디마저 결국 자신이 보고 배운

종교관에서 벗어나지 못한 거죠. 그 유명한 간디마저 말입니다.

주인은 취기가 오르는지 얼굴이 조금 빨개졌다.

— 젠장할. 바다보다 더 외롭네. 육지에서 살면 외롭지 않을 줄 알았는데.

마지막 곡으로 여자의 공연이 끝났다. 여자는 공연을 끝내면서 항상 '행복하세요'라는 말을 남겼는데, 억양이 미묘했다. 때문에 행복하라는 건지 아니면 행복한지를 묻는 말인지 알 수 없었다.

공연을 마친 여자가 돌아와서 악기를 챙겼다. 물을 한 잔 다 마신 여자는 허브사탕을 하나 꺼내 입에 넣었다. 빗방울이 조금씩 맥주잔 안으로 떨어졌다. 주인과 여자 그리고 남자는 비를 피해 실내로 들어갔다. 종업원들이 파라솔을 펼쳤지만 손님들도 자리 뜨기에 바빴다. 주인이 마시던 맥주잔에 빗물이 떨어져 맥주는 점점 묽어졌다.

주인이 카운터에서 돈을 꺼냈다.

— 공연 좋았어요. 매주 일 회 출연으로 계약할까요? 무슨 요일이 비어요?

주인이 남자에게 봉투를 건네며 물었다. 남자는 수첩을 꺼냈다. 사실, 일정을 확인할 필요도 없을 만큼 한가했지만 남자는 주인의 물음에 바로 대답하기 싫었다.

— 수요일, 그리고…… 목요일요.

남자가 수첩을 덮으며 말했다.

— 오늘이 수요일이니까, 그럼, 매주 수요일 한 타임을 잡도록 하지요.

고맙습니다, 남자는 인사를 했다. 남자는 봉투를 열어 액수를 확인했다. 삼만 칠천 원이었다. 남자와 주인은 악수를 나누었다. 실내로 들어온 손님 중 한 명이 마이크를 잡고 노래방 기계에 선곡하고 있었다. 동굴 속의 울림 같은 소리들이 실내를 가득 채웠다.

주인은 우산을 가지고 나와 남자와 여자를 주차장까지 데려다주었다. 남자가 시동을 켜면서 주인에게 물었다.

— 그런데 왜 이혼을 했지요?

우산의 그늘에 가려 있어 주인의 얼굴이 잘 보이지 않았다. 주인은 잠시 뜸을 들인 뒤 말했다.

— 글쎄요. 각자의 침대만큼 고독했기 때문이지요.

우산에 얼굴이 가려진 채 주인이 대답했다. 남자가 손을 흔들자 주인도 손을 흔들어주었다. 빗물이 차창에 달라붙어 발자국들을 남겼다. 남자는 와이퍼로 발자국 같은 빗물을 지웠다. 주차장에 깔려 있는 자갈돌이 빗물에 젖어 있어 조금 미끄러웠다. 회전을 하자 자동차에서 나온 전조등 불빛이 정원수의 몸통을 긁으며 지나갔다.

— 이혼이라니, 무슨 얘기야? 공연 때 내가 한 농담 말이야?

차창에서 흘러내리는 빗물 때문에 여자의 옷이 젖은 것처럼 보였다.

— 별거 아니야. 공연 좋았어.

주차장을 빠져나가면서 남자가 여자에게 말했다. 차가 흔들릴 때마다 여자에게서 좋은 냄새가 났다. 남자는 여자의 그 냄새를 좋아했다. 언젠가 남자는 여자에게 특별한 향수를 뿌리는지 물어보았다. 여자는 아무런 향수도 뿌리지 않는다고 말했다.

자동차가 국도로 들어설 때까지 여자는 아무 말도 하지 않았다.

— 주인이 꽤 괜찮은 사람 같아. 덕분에 쉽게 계약을 했네.

남자의 말에 여자가 고개를 끄덕였다. 남자는 주인이 마음에 들었다. 남자는 주인과 좋은 친구가 될 수 있을지 잠시 생각해 보았다. 새로운 단어를 외운다면 옛 단어들은 잊혀지는 법이다. 바다에서 육지로 바뀌었다 하더라도 삶이 달라질 수 없는 것처럼. 재미있는 사람이라고, 남자는 생각했다.

남자는 룸미러로 여자를 흘낏 보았다. 무슨 생각을 하는지 여자는 차창 밖만 바라보고 있었다.

빗줄기는 조금씩 굵어졌고, 간간이 천둥소리도 들려왔다. 남자는 운전을 하면서 로드킬 당한 고양이 한 마리를 보았다. 고양이 시체를 피해 급하게 운전대를 돌리다가 가드레일에 차체를 긁었다. 자동차는 급정거를 했고 놀란 여자가 운전석을 꽉 잡았다. 남자는 차창을 열어 비에 젖은 채 누워 있는 고양이를 보았다. 복부는 심하게 터져 있었고 혀가 길게 빠져 있었다. 하지만 비에 젖은 털은 솜이불처럼 포근해 보였다. 빗물과 함께 흐르는 피가 노을처럼 검은 아스팔트 위에서 번지고 있었다.

—못 보겠어. 창문 올려줘.

여자가 말했다. 남자는 창문을 올린 다음 떨고 있는 차체를 다시 천천히 도로 위로 올렸다.

계속해서 국도로 갈까, 아니면 고속도로를 탈까 하고 남자가 잠시 망설일 무렵 휴대폰이 울렸다. 비 때문에 다음 날 오전에 예정되어 있던 공연이 취소되었다는 전화였다. 남자는 차를 돌리기 위해 작은 길로 접어들었다.

—집으로 가지 마.

차창을 뚫을 것 같던 빗줄기는 점점 가늘어져 다시 작은 발자국들만 간간이 찍고 있었다. 남자는 차를 멈춘 다음 비상등을 켰다. 점멸하는 비상등 불빛이 개구리 울음을 닮아 있었다.

—어디로 갈 건데?

—충청북도 괴산군 예상면 상동2리 249-3.

여자가 또박또박 말했다.

—거기가 어딘데?

—허브사탕 공장.

여자는 허브사탕이 반쯤 들어 있는 사탕 봉지를 내밀었다. 남자는 실내등을 켜서 봉투 뒷면을 살펴보았다. 영양성분이 있었고, 주의사항과 유통기한이 있었다. 그리고 그 아래 제조원의 공장 주소가 있었다. 여자가 말한 주소는 그 주소였다.

—허브사탕 공장엔 허브나무가 많이 있을까?

여자가 물었다. 남자는 어깨를 으쓱였다. 남자는 사탕 봉지에 있는 주소를 내비게이션에 입력했다. 남자는 내비게이션이 이끄는 대로 묵묵히 운전했다.

2

여자가 씻기 위해 욕실로 들어갔다. 남자는 모텔 창문을 열어 혹시 사탕 공장이 보이는지 살펴보았다. 그러나 보이는 건 빗줄기와 어둠뿐이었다. 남자는 맥주를 따서 마셨다. 남자와 여자는 허브사탕 공장을 보지 못했다. 공장 가까이까지는 갔다. 공장은 산 오르막에 있었는데, 빗물에 쓸려 내려온 토사가 도로를 뒤덮고 있어 더 이상 갈 수 없었다. 다만 진입로에서 사탕 공장 이름이 적혀 있는 이정표만 보았을 뿐이었다. 차에서 내려 공장이 있을 산 중턱을 보았지만 희미한 건물의 형체만 멀리 보였다. 우산에서 흘러내린 빗물이 남자와 여자의 어깨를 적셨다.

— 이 근처에서 자고 내일 다시 와볼까?

여자가 말했다. 남자와 여자는 다시 차에 탔다. 남자는 운전을 하다가 가장 먼저 보이는 모텔로 들어갔다. 남자는 카운터에서 방을 두 개 잡을지 물어보았다. 여자는 괜찮다며, 하나만 잡으라고 말했다.

— 돈도 없잖아?

여자가 말했다.

모텔 방으로 들어가자마자 여자는 욕실로 들어갔다. 여자가 씻는 동안 남자는 맥주를 마시며 방 안을 둘러보았다. 좁은 공간에 사각들이 가득 차 있었다. 사각 액자. 사각 거울. 사각의 침대. 사각의 텔레비전. 사각의 창문. 사각 테이블. 사각의 화장대. 사각의 냉장고. 사각의 문. 그것들은 건조했다. 빗물이 창문과 방충망을 적시고 있었지만 어쩐지 건조하기만 했다. 맥주를 마셨지만 입안이 점점 메말랐다. 남자는 직사각형의 리모컨으로 텔레비전을 켰다. 화면 속에서 스파이더맨이 거대한 광고판으로 거미줄을 날렸다. 이어 대형 전광판과 고층빌딩으로 거미줄을 쏘며 날아다녔다. 스파이더맨이 빠른 속도로 날아가는 사이 거대한 광고판들이 잔상처럼 흘렀다. 문득 남자는 사막을 떠올렸다. 스파이더맨이 사막에 있으면 어디에 거미줄을 날려 이동하지? 사람들을 매혹시키는 광고판이 없으면, 사람들에게 주입되는 거대한 전광판이 없으면 어디에 거미줄을 쏘지? 고층빌딩이 있기 때문에 스파이더맨이 존재하는 것인지도 모른다.

남자는 여자를 생각했다. 여자에게도 거미줄을 걸칠 광고판과 전광판이 있었다면 여자는 슈퍼히어로가 되었을지 모른다. 그렇다. 여자에게 필요한 건 악기가 아니다. 작곡과 작사 능력도 아니다. 거미줄을 걸칠 초대형 전광판뿐이다.

그러나 남자는 알고 있다. 여자의 삶은 이제 끝장이라는 것을. 여자는 이미 성대결절(聲帶結節) 중기 증상을 보이고 있었다. 나이도 벌써 삼십대 중반을 넘겼다. 남자는 잠시 기억을 떠올려보았다. 여자가 노래를 한 지 벌써 십 년이 지났다.

—성대결절은 치료하기 매우 힘듭니다. 예방과 주의밖에 수가 없어요.

의사는 반듯한 자세로 말했다.

십 년 중 오 년을 여자는 오직 허브에만 의지했다. 성대에 허브가 좋다는 말을 들은 다음부터 여자는 허브에 대한 맹신을 보냈다. 그러나 여자의 수입이 줄수록 허브 함량도 따라 줄었다. 이제 여자에게 남은 것은 함량이 0.01%도 되지 않는 허브사탕이 전부였다.

남자는 텔레비전을 껐다. 빗소리가 샤워기에서 나는 물줄기 소리와 섞였다. 물에 빠진 사람에게 물의 화학식이 필요 없듯이 자신은 여자에게 아무런 도움도 되지 않는다고 생각했다.

남자는 맥주잔을 내려놓고 가방에서 읽던 책을 꺼냈다. 책을 펼치자 책갈피로 사용하던 사진 한 장이 보였다. 사진은 남자가 아버지와 찍은 사진이었다. 배경이 흐릿해 장소는 알 수 없었다. 마치 증명사진처럼, 아버지와 나란히 서서 찍은 상반신 사진이었다. 남자는 잠시 아버지에 대해 떠올려보았다. 남자의 아버지는 이상한 사람이었다. 작가라고는 하지만 유명하진 않았다. 그리고 정확하게 어떤 글을 쓰는 사람인지도 알 수 없었다. 남자는 얼마 전에 중고서점에서 아버지가 쓴 두꺼운 책 한 권을 살 수 있었다. 남자는 여자가 공연을 할 때면 틈틈이 그 책을 읽었다. 그러나 읽으면 읽을수록 어려웠다. 우드스탁, 전공투, 마르쿠제, 상황주의, 여러 철학자들의 이름과 낯선 사상들. 모두 아버지 시대의 언어인데 그 언어들은 이미 죽었다. 그러니까 술집 주인이 말한 것처럼 이제는 잊혀져서 낯설어진 단어들 때문에 책을 읽는 속도는 매번 더뎠다.

샤워기에서 나는 소리가 멎고 여자가 욕실에서 나왔다. 여자는 수건으로 머리를 말리면서 남자를 보았다.

—무슨 책이야?

—응, 이거? 그냥. 아버지가 쓴 책.

여자는 남자가 읽던 책을 받아 펼쳐 보았다. 책에 끼워두었던 사진이 바닥으로 떨어졌다. 여자는 사진을 가지고 침대로 올라가서 앉았다.

—이 사진은 뭐야?

—책갈피.

—사진인데?

—응. 그런데 그냥 책갈피로 써.

—누구야?

—아버지와 어릴 때의 나.

—몇 살 때인데?

—한 아홉 살쯤 되었을까?

—어디서 찍은 거야? 집은 아닌 것 같은데.

—글쎄, 어딜까? 모르겠어. 아버지와 찍은 사진이 있기에 그

냥 아버지 책에 책갈피로 사용하는 것뿐이야. 그 사진뿐만 아니라 아버지에 대해선 아무것도 기억 안 나.

— 인간의 기억보단 차라리 한 장의 사진이 낫군.

— 그렇지, 뭐.

— 음악 들을까?

남자는 컴퓨터를 켜서 음악 파일들을 찾았다. 여자는 민치영의 노래를, 남자는 김두수의 노래를 좋아했다. 남자는 맥주를 한 잔 따라 여자에게 주었다.

남자는 여자에게서 사진을 받아 책에 끼웠다. '개구리들은 자신들이 개구리인지 모른다. 너희는 축제 속에서 행복하여라, 나는 진리와 함께 괴로워하리라.' 남자는 사진 뒤에 씌어 있는 아버지의 메모를 읽었다.

여자가 이불 안에서 청바지를 벗어 침대 아래로 집어던졌다. 남자는 창문을 보았다. 불빛 때문인지 아니면 비를 피하기 위해서인지 방충망과 창문으로 곤충들이 날아와 부딪쳤다. 창밖은 어둠뿐이었다. 마치 망망대해에 갇혀 있는 시추선 같았다. 침대가 한 개뿐인 게 다행이라고 생각했다. 그렇지 않았다면 주인의 말처럼, 각자의 침대만큼 외로울 것 같았다. 남자가 침대 곁으로 다가갔다.

— 들어가도 돼?

남자가 여자에게 물었다.

— 응.

남자는 조용히 바지를 벗고 이불 안으로 들어갔다. 여자의 몸에서 여자 특유의 냄새가 났다. 남자는 음악을 들으면서 나중에 카페를 한다면 카페 이름을 '민치영과 김두수'로 지어야겠다고 생각했다. 남자는 여자가 자신의 카페에서 공연하는 모습을 잠시 떠올렸다.

—불 끌까?

여전히 여자는 아무런 대답도 없었다. 컴퓨터에선 김두수의 노래가 조용히 흘러나왔다. 카페라니. 미래는 없다. 미래는 우리들이 다가가는 것이 아니다. 미래는 그저 서서히 다가와서 우리를 조여오는 것일 뿐이다. 과거는 언제나 투명하고 미래는 언제나 불투명하다. 새로운 출발은 없다. 미래가 너무 다가왔기 때문에.

남자는 여자의 몸이 악기 같다고 생각했다. 그런 생각을 하는 것 말고, 남자가 할 수 있는 일은 그저 여관방에서 땅이 꺼지듯이 내리는 비를 마냥 바라보는 것뿐이었다. 시간이 얼마나 지났는지, 미래가 얼마나 다가왔는지 알 수 없었지만 빗소리가 점점 조용해졌다.

남자는 방충망을 바라보았다. 여전히 벌레들이 방충망에 들러붙어 있거나 빛을 향해 들어오려고 날갯짓을 하고 있었다. 들어오지 마라. 편입되지 마라. 여긴 너희가 들어와 살 만한 세상이 되지 못한다. 남자는 벌레들을 보며 중얼거렸다.

여자에게서 나는 냄새가 아련했다.

3

비는 오전에 멎었다. 간밤에 남자는 아버지가 나오는 꿈을 꾸었다. 남자의 아버지는 이상한 도복을 입고 무술을 연마하고 있었다.

— 아버지, 지금 뭐 하시는 거예요?

— 보면 모르겠니? 이건 우리나라의 전통 무예다.

— 아버지, 우리나라 무술은 태권도예요. 이건 태권도가 아니잖아요.

— 무슨 소리. 강감찬 장군도 이 무술을 연마하고 사람들에게 가르쳐줘서 귀주대첩에서 승리할 수 있었다.

아버지는 호흡을 가다듬은 다음 눈을 감고 조용히 좌선을 했다. (어디서 났는지 알 순 없었지만) 남자의 손에 수건이 들려 있었다. 남자는 아버지에게 수건을 건넸다.

— 오, 고맙구나.

아버지는 수건으로 목덜미와 이마에 흐르는 땀을 닦았다.

— 강감찬 장군 이후로 우리나라에 왜 큰 명장이 없는지 아니? 그게 모두 무인정권들이 독재를 하면서 전통 무예인 이 '발광권'을 금지시켰기 때문이다. 워낙 뛰어난 무술이기도 하거니와 정신수행이 많이 되기 때문에 의식의 변화도 가져다주는 무술이지. 무인정권은 민초들이 발광권을 연마하여 자신들에게

저항할까 봐 이 수행을 금지시켰다. 사람들이 각성해서 깨어나면 정권이 위태로워질 테니까 말이다.

—뭐라고요?

—발할 발(發), 빛 광(光), 주먹 권(拳).

아버지는 그렇게 말하고 먼 산을 바라보았다. 산은 온통 흰 눈으로 뒤덮여 있었다.

—그 뒤로 몰래 계승되긴 했지만 지금은 태권도 때문에 쪽도 쓸 수 없구나. 우리나라엔 왜 태권도밖에 없는지 아니?

남자는 고개를 가로저었다. 산뿐만 아니라 하늘도 바다도 온통 눈이었고, 자신은 맨발이었다. 하지만 춥진 않았다.

—그게 다 협회와 조직과 자금 때문이다. 고려시대 때야 무인정권들의 압박으로 활개를 펼 수 없었지만, 그렇게 몰래 계승되다 보니 차츰 사람들의 머릿속에서 사라지게 되었고, 그러다 보니 수박권, 태껸, 건곤무극권 등 많은 무예들이 사라지고 국민들을 일체화시킬 수 있는 태권도만 남은 거지. 태권도협회가 얼마나 큰지 아니? 사람들을 하나로 묶을 수 있는 것들이 어느 시대에나 필요하거든. 그래야만 무인정권이든, 독재정권이든, 공산주의든, 자본주의든, 북한이든, 남한이든 제도 자체가 살아갈 수 있는 것이야. 진리란 그런 것이야. 진리는 언제나 외로운 법이지. 개구리들은 언제나 한 목소리로 노래하는 법이고.

—그래서 간디도 어쩔 수 없이 암소 숭배를 열렬히 찬성한 거군요. 진실이 아닌 걸 알면서도 워낙 많은 사람들이 힌두교를

믿으니까 말이에요.

—그게 대체 무슨 소리냐?

—아무것도 아니에요, 아버지. 그건 그렇고, 언제까지 이러고 계실 거예요?

남자가 물었지만 남자의 아버지는 먼 산을 바라보다가 힘겹게 고개를 숙였다. 그러고는 수건을 물끄러미 바라보았다.

—고맙구나. 이 수건. 너에게 내가 선물을 다 받아보고.

남자의 아버지는 수건으로 목을 감쌌다.

—귀한 선물을 받았으니, 나도 너에게 소중한 선물을 주마.

—그게 뭔데요?

남자는 아버지의 말에 허브사탕을 떠올렸다. 순도 백 퍼센트짜리 허브사탕 수천 통을.

—내가 너에게 줄 선물은 바로, 의심이다.

남자의 아버지는 일어나 남자의 어깨를 꽉 껴안았다. 그러고는 맨발로 눈 위를 힘없이 걸었다. 남자는 아버지와 조금 더 있고 싶었지만 그럴 수 없었다. 남자는 점점 작아지는 아버지를 보고 있었다. 작아지는 아버지는 점점 초라해졌고, 눈송이처럼 금세 녹아 없어질 것만 같았다. 남자가 아버지에게 다가가려 했지만 눈에 뒤덮인 채 꽁꽁 얼어붙은 발이 움직이지 않았다. 남자는 아버지를 부르고 싶었지만 '아버지'란 단어가 맴돌기만 할 뿐 떠오르지 않았다.

남자가 눈을 떴을 때 여자는 곤히 자고 있었다. 비는 그쳐 있었고, 창문 밖엔 어둠이 걷혔지만 사탕 공장은 보이지 않았다. 남자는 여자를 보다가 여자에게서 풍기는 냄새가 어쩌면 허브 냄새일지도 모른다는 생각을 했다.

그날 오전, 남자와 여자는 사탕 공장으로 갔지만 여전히 진입로에서 멈출 수밖에 없었었다. 굴삭기가 와서 쓰러진 나무와 토사를 치우고 있었다. 안전모를 쓴 직원이 와서 우회하라고 말했다. 남자는 어쩔 수 없이 차를 돌렸다.

—식사를 하고 오면 다 치워져 있지 않을까?

남자가 물었지만 여자는 말없이 차창 밖만 바라보았다. 유리에 매달려 있는 나뭇잎들 사이로 말라붙은 비의 흔적들이 화석처럼 달라붙어 있었다. 밤새 내린 비 때문에 나무들은 한결 검소해져 있었다.

식사를 하기 위해 잠시 들른 식당은 강가에 있는 낡아빠진 유원지에 있었다. 곳곳에 고여 있는 웅덩이에는 낙엽이 무덤처럼 쌓여 있었고 정수리가 날아간 시멘트 잔해들이 듬성듬성 징검다리처럼 펼쳐져 있었다. 걸음을 걸을 때마다 묵직한 흙들이 신발에 엉겨붙었다. 강가 가까이에 한 소녀가 있었는데, 소녀는 강을 보며 혼자 뭐라고 외치고 있었다.

—신경 쓰지 마시우. 저 아인 미쳤다우.

식사를 가져다 주던 아주머니가 말했다.

—네.

나물과 찌개 냄새가 좋았다. 여자가 남자의 숟가락 위에 장조림을 얹어주었다. 남자가 웃자 여자도 따라 웃었다.

식사를 마친 남자와 여자는 유원지를 잠시 걸었다.

— 나, 가을에 태어났어.

여자가 말했다. 강물은 단풍 때문에 염색한 것처럼 보였다. 여자는 벤치에 앉았다. 여자는 고개를 숙이더니 갑자기 조용히 울기 시작했다.

— 불안해.

여자가 울면서 말했다. 남자는 여자의 어깨 위에 손을 올렸다. 여자가 흐느낄 때마다 파도 타는 것처럼 남자의 손바닥이 일렁였다.

— 알 수 없이, 불안해.

남자가 할 수 있는 건 아무것도 없었다.

— 재미난 이야기해줄까? 내가 아는 사람이 이혼을 하려고 변호사를 찾아갔어. 여직원에게 변호사 어디 갔는지 물었더니 여직원이 하는 말이……

여자는 울면서 웃었다. 혼자 뭐라고 소리 지르던 소녀가 남자와 여자의 곁으로 다가왔다. 소녀는 여자 앞에 멈추더니 손에 쥐고 있던 망원경을 여자에게 주었다. 플라스틱으로 만들어진 조잡한 장난감 망원경이었다.

여자는 소녀에게서 망원경을 받았다. 소녀는 망원경을 눈에 대라는 시늉을 했다. 여자는 울음을 멈추고 소녀가 준 망원경을 눈에 댔다.

— 잘 보이네. 단풍들이 가까이 보여.

여자가 망원경을 다시 소녀에게 건네주었다.

— 고마워.

여자는 허브사탕을 하나 꺼내 소녀에게 주었다. 소녀는 수줍은 듯이 사탕을 받더니 까르르 웃었다.

4

일주일이 지나 다시 수요일이 되었다. 약속대로 남자와 여자는 라이브 뮤직바 '꼭 그렇진 않았지만'을 찾아갔다. 주차장이 텅 비어 있었다. 마치 백지처럼.

— 쓸쓸한 공연이 되겠군.

남자가 텅 빈 주차장을 둘러보며 여자에게 말했다. 여자는 미소를 지었다. 자신은 괜찮다는 건지 아니면 오히려 손님이 없어 기쁘다는 건지 알 수 없었다.

현관으로 갔지만 문은 닫혀 있었다. 남자는 낮은 담 위로 카페를 둘러보았다. 아무도 없었다. 산에서 시원한 바람이 불어왔다. 불어오는 바람에 낙엽들이 몸을 뒤척였다. 날이 맑아지려는지 노을이 길게 펼쳐져 있었다. 산 중턱이 상기된 얼굴로 서 있었다. 남자가 닫힌 문을 흔들었지만 바위처럼 꿈쩍도 하지 않았다.

남자는 명함을 찾아 주인 휴대폰으로 전화를 걸었지만 받지 않았다. 그때 정원을 지나쳐 가는 누군가를 보았다. 주인에게 맥주를 가져다 주던 종업원이었다. 남자는 큰 소리로 종업원을 불렀다. 남자가 공연 때문에 왔다고 하자 종업원이 다가왔다.

— 사장님, 저번 주 수요일에 죽었어요.

종업원은 노을에 물든 산보다 더 상기된 얼굴로 흥분했다.

— 자살이라던데, 끔찍했어요. 온 사방에 피뿐이었어요.

이상하게도 그 말을 듣는 순간 어디선가 조용한 피아노 소리가 남자의 귀에 들리는 것 같았다. 단조로운 흑과 백의 움직임. 흑과 백. 흑과 백. 다시 흑과 백.

— 아, 그랬군요. 몰랐습니다.

남자는 고개를 돌려 카페를 둘러보았다. 야트막한 산에 둘러싸여 있는 카페는 마치 망망대해에 떠 있는 시추선 같았다.

여자가 자동차 안에서 나왔다. 남자는 뒤로 물러서서 담배를 꺼내 입에 물었다. 무슨 일인지 묻는 여자에게 종업원은 다시 흥분해서 말했다.

— 넥타이로 목을 매단 채 죽었어요. 아침 일찍 제가 발견했어요.

남자와 여자는 차 안에서 망설였다. 어디로 갈지 정하지 못했다. 여자가 허브사탕을 꺼내 입에 넣었다. 상큼한 허브 냄새가 차 안에 퍼졌다. 남자는 내비게이션으로 사탕 공장 주소를 찾았다.

도로는 한산했다. 길은 미끄럽지 않았고, 차에 치여 죽은 고양이 시체도 없었다. 같은 길이었지만 일주일 동안 너무 변해 있어 마치 처음 가는 길 같았다. 다가가는 것이 아니라 미래가 다가오는 것처럼.

남자는 운전을 하면서 종업원의 말을 떠올렸다. 종업원은 온 사방에 피뿐이라고 말했지만 그건 그의 착각일지도 모른다. 넥타이로 목을 매달았는데 피가 났을 리 없다. 혀를 길게 내민 채 대롱대롱 매달려 있는 주인의 모습에서 어쩌면 종업원은 사방에 뿌려진 피를 환상처럼 보았을 것이다. 그러나 그런 건 중요치 않았다. 중요한 것은…… 남자는 더 이상 생각을 하지 않았다. 어디선가 피아노 소리가 다시 들려오는 것 같았다. 흑과 백. 흑과 백, 미치거나 혹은 죽거나. 단순한 두 건반의 오르내림이 보였다.

여자는 차창에 얼굴을 꼭 댄 채 밖을 바라보고 있었다. 우리들이 할 수 있는 일은 많지 않다, 라고 남자는 중얼거렸다. 허브 냄새가 조금씩 사라지고 있었다. 남자는 여자의 몸이 악기 같다고 생각했다.

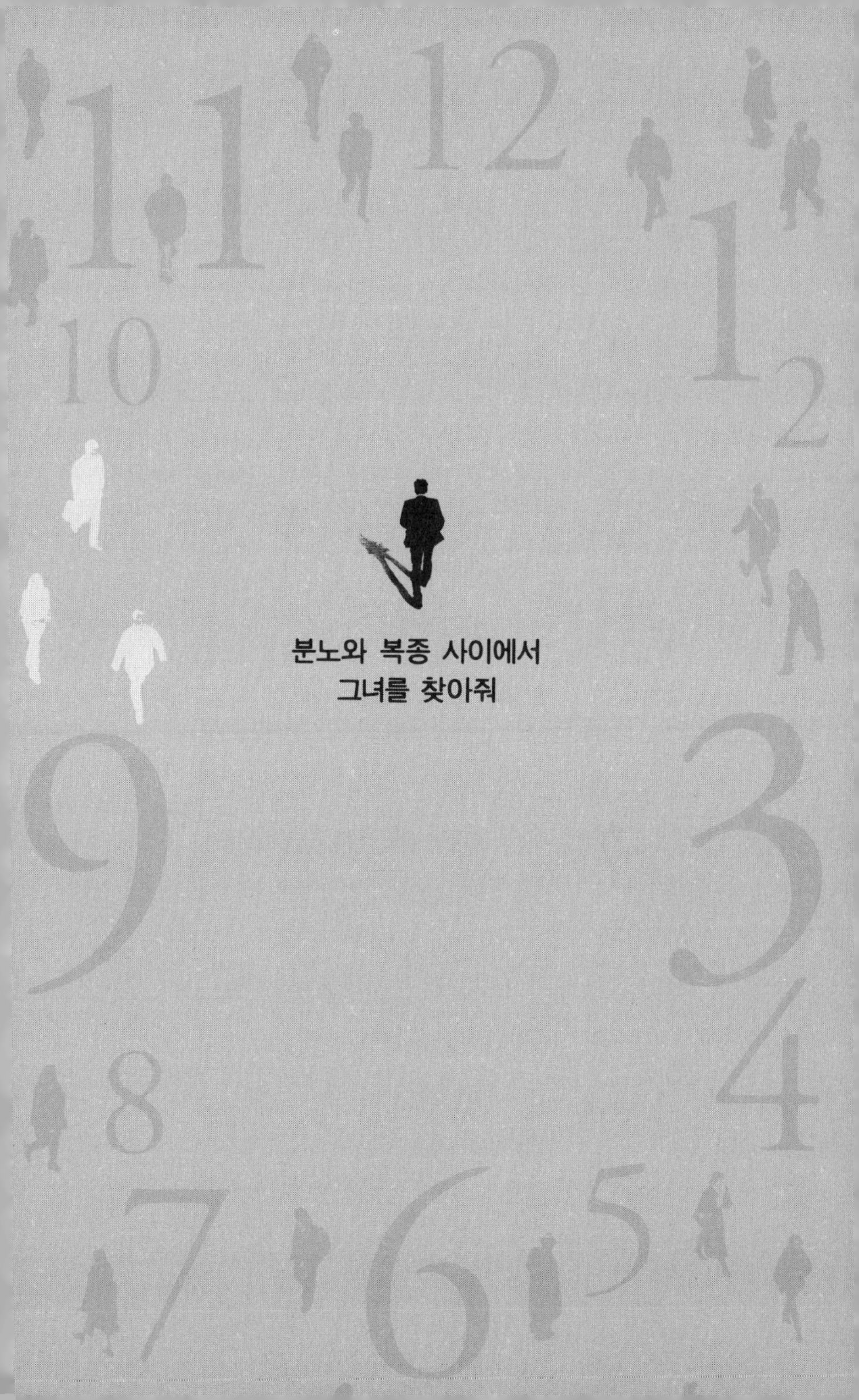
분노와 복종 사이에서
그녀를 찾아줘

그해 여름은 내 삼십대의 마지막 여름이었다. 정말이지 더웠다. 횡단보도를 건널 때 달궈진 아스팔트에 신발창이 엿처럼 쩍쩍 달라붙을 정도였다. 더위 탓인지 나는 그 어느 때보다 더 자주 환각에 시달렸다. 그해 여름에 내가 주로 겪은 환각은 비행기를 조종하고 있는 내 모습이었다. 비행기 기체는 무척 흔들렸다. 어디선가 타는 냄새가 났고, 흔들리는 기체를 따라 내 몸도 몹시 흔들렸다. 나는 헬멧에 딸려 있는 작은 마이크에 대고 구조요청을 했지만 추락하는 굉음만 들릴 뿐 아무런 응답도 없었다. 조종간을 잡은 내 손이 정신없이 떨렸다. 들리는가? 들리는가? 내 목소리도 바리톤처럼 따라 떨렸다. 뭐 그런 환각들이었다. 그런데 문제는 환각을 겪을 때마다 내가 조용히 있질 못하고 환각을 따라 연기를 하는 모양이었다. 생각해보라. 길을 걷다가 갑자기 식은땀을 흘리며, 들리는가? 들리는가? 하고 손을 떨고 있는 사람을. 아내가 나를 떠났지만 나는 그게 아내의 탁월한 선택이라고 생각한다. 아내는 내가 거짓말을 한다고 생각했다. 나는 진짜로 환각을 본 것이라고 설명했지만 아내는 믿지 않았다. 아내뿐만 아니라 내 주변 사람들 모두 웃기만 했다. 모두가 다 아는 사실을 비밀이라고 말할 수 없는 것처럼 환각은 비밀과 똑같이 닮은 놈이다. 비밀처럼 환각을 보는 자신만 알 수 있기 때문이다. 그러니 대체 비밀을 어떻게 까발리고 환각을 어떻게 전달할 수 있단 말인가. 내가 답답해하는 만큼 아내도 답답한 모양이었다. 아내는 언제부터 환각이 시작되었는지 물었다.

흠, 글쎄 그걸 어떻게 솔직히 말하지? 그녀를 만나면서부터라고.

— 솔직히 말할까?

— 부디 솔직히 말해줘. 그래야 내가 당신이 보는 환각을 믿든지 말든지 할 거 아냐.

그래, 그래. 솔직히 말해주마.

— 내가 환각을 보게 된 것은……

— 보게 된 것은?

— 고립감을 느끼면서부터야.

— 고립감?

— 그래, 고립감.

나는 그렇게 말하고 서둘러 창밖을 보았다. 창밖 하늘에는 딸기 시럽 같은 노을이 스며 있었다. 노을을 보고 있으니 정말 고립된 것 같은 기분이 들었다.

유빈, 그녀의 미소는 잘 만들어진 초대장 같았다. 그러니까 거절할 수도, 뿌리칠 수도 없는 그런 정중한 초대장.

그녀를 처음 만난 것은 회사에서 갔던 해외봉사활동에서였다. 내가 다니던 회사는 자동차 부품을 만드는 회사였다. 연료 공급 장치를 획기적으로 개선해 최고의 기술진보상까지 받은 업체였으나 그 뒤로 자동차 급발진 사고가 끊이지 않았다. 입조심해. 소문 잘못 나면 공장 직원까지 일천 명이 죽어. 그럼 급발진 사고로 죽은 십여 명은 괜찮은 걸까? 그렇겠지. 다수가 살아야 하니까. 좋은 이미지를 심기 위해 회사는 해외봉사 정책을 폈고, 우리는 시키는 대로 이 년에 한 번씩 의무적으로 다녀와야 했다. 해외봉사라는 게 후진국을 돌며 초등학교에 컴퓨터를 몇 대 설치해주고, 축구공 따위를 던져 준 다음, 태극기 아래서 함께 웃으며 사진을 찍는 게 다였다. 귀국하면 활동보고서를 제출했는데, 후진국들의 낙후성을 지적하고 경제도약 운운하는 틀에 박힌 종이 몇 장만 제출하면 되었다. 그곳에서의 내 낙이라곤 그녀의 초대장 같은 미소를 보는 것, 그리고 땀에 흠뻑 젖은 셔츠 안으로 훤히 보이는 그녀의 속살과 브래지어를 보는 게 다였다. 그건 정말이지 나쁘지 않은 일이었다.

회사 동료들 사이에서 그녀에 대한 평판은 좋지 않았다. 누구는 조울증 환자 같다고 했고 누구는 독한 걸레라고 했다. 걸레면 걸레고, 독하면 독했지 독한 걸레는 또 뭐람?

다른 사람들이야 어쨌든 난 그녀의 미소가 좋았다. 모든 걸 체념한 듯한, 그런 어두운 미소였지만 내게는 현란한 광고전단지 사이에 숨겨져 있는 수줍은 초대장 같았다.

그녀와 나는 다른 부서에서 일했기 때문에 자주 만나지는 못했다. 하지만 우리는 회사에서 몇 남지 않은 흡연 동료였다. 그래서 흡연실에서 가끔 만나 눈인사만 나누는 사이였다. 아마 귀국하고 나서 열흘 정도 지난 날이었다. 그날은 이른 장마가 시작되던 날이었다. 장맛비에선 소금 냄새가 났다. 그리고 그날은 내가 쓴 활동보고서 때문에 인사위원회에 내가 회부된 날이기도 했다. 보고서를 쓰는 동안 이상하게도 「사계」란 노래가 떠나질 않았다. "우리네 청춘이 저물고 저물도록 미싱은 잘도 도네, 돌아가네."

내겐 새로운 놀이가 필요해. 머릿속에선 재봉틀 돌아가는 소리가 떠나질 않았고 나는 길게 쓰던 보고서를 지우고 새로 썼다.

이렇게 더운 너희 나라는 어째 비도 내리지 않는다니? 너희가 이렇게 사는 것은 선진국들이나 우리들이 피를 빨아먹어서가 결코 아니란다. 우리가 잘사는 것은 우리들이 잘나서란다.

딱 세 문장이었다. 제출한 다음 날 바로 인사위원회가 열렸다.

— 어째 비도 내리지 않느냐고? 이건 감봉감이군. 두번째 문장, 피를 빨아먹어? 이건 정직감이야. 세번째 문장. 더 읽지 않

아도 알겠지? 이건 해고감이야.

이사는 나에게 어떻게 생각하는지 의견을 구했지만 나는 아무 말도 하지 않았다.

— 자네는 직장을 놀이터로 아나?

네, 하고 대답하고 싶었지만 나는 쑥스러운 미소만 지었다. 난 인사위원회가 열린 회의실에서 나오면서 문장을 하나 더 썼으면 무슨 처분이 더 내려졌을지 생각했다.

내가 흡연실에 들어가자 그녀는 연거푸 피우는지 꽁초를 쥔 채 다른 담배에 막 불을 붙이고 있었다.

— 봉사활동 보고서 잘 봤어요. 잘못했다고, 살려달라고 싹싹 빌지 그랬어요?

그녀가 웃으며 담배 연기를 길게 내뿜었다. 내 보고서는 이미 사내 게시판을 통해 쫙 돌려져 있었다.

— 물론입니다. 저도 살아야지요. 장난이었다고, 부디 용서해달라고 싹싹 빌었지요. 우린 늘 분노와 복종 사이에서 살고 있으니까요.

그날 내가 그렇게 말하지 않았다면 그녀와 나는 가끔 흡연실에서 만나 서로 멀뚱히 담배만 피우는 사이로 지냈을 것이다. 만일 그랬다면 나는 환각에 시달리지 않았을 테고.

별다른 뜻 없이 내뱉은 말이었지만 그녀는 나를 빤히 쳐다보았다. 그녀의 시선이 너무 고정되어 있어 나는 헛기침을 몇 번 한 다음 담배를 껐다. 내가 흡연실 문을 열고 나가려 할 때 그녀가 퇴근 후에 술 한잔하자고 말을 꺼냈다. 그것이 시작이었다. 그녀를 만나기 전까지 내 삶은 놀이였고, 나는 그 모든 것을 놀이로만 생각했다. 학교생활도, 직장도, 결혼도, 그 모든 관계와 관계 맺음을 그저 놀이라고만 생각했다. 그것은 아버지 때문이었다.

나의 아버지는 100미터가 넘는 송전탑 위에서 죽었다. 내 나이 열두 살 때였다. 송전탑은 내가 살던 마을에서 가장 높은 곳이었다. 내가 철들면서부터 아버지는 자주 화를 냈고, 화를 낼 때마다 분을 참지 못해 높은 곳을 타고 올라갔다. 내가 기억하는 아버지의 모습은 늘 높은 곳을 기어오르는 모습뿐이었다. 아버지는 신문을 보다가도, 라디오를 듣다가도, 밥을 먹다가도, 사람들과 대화를 나누다가도, 화가 나서 참지 못하면 고래고래 소리를 지르며 높은 곳으로 기어올랐다. 할머니 말로는 어릴 때의 아버지는 고소공포증이 있어 작은 나무도 타지 못했다고 했다. 그랬던 아버지가 높은 곳에 오르기 시작한 것은 도청 앞에서 있었던 시위를 진압하고 돌아온 다음부터였다. 아버지는, 비록 어릴 때 고소공포증이 있었지만, 투철한 직업군인이었다. 오른손으로 양치질을 하면서 왼손으로는 아령 운동을 했고, 『삼국지』를 꿰고 있었다. 그런 아버지였지만 돌아와서부터는 이상한 사람이 되어 있었다. 아버지는 마치 포로로 붙잡혀 있다가 구조된 사람처럼 멍한 표정으로 툇마루에서 그저 먼 산만 바라보았다. 그러던 아버지는 밤마다 비명을 질렀고, 밤이건 낮이건 잠을 자지 않고 화를 내기 시작했다. 내가 학년이 올라갈수록 아버지가 올라가는 높이도 점점 높아졌다. 나무, 전신주, 지붕 위, 건물 옥상까지 올라가더니 급기야 아버지는 100미터가 넘는 송전탑까지 오르기 시작했다. 내가 마지막으로 본 아버지는 그날 처음으로 송전탑 상층부까지 오른 날이었다. 확실히 송전탑이 가진 위력은 대단했다. 아버지가 나무 위나 전봇대에 올라갔을 땐 볼일을 보던 동네 개들도 마저 보고 갈 정도로 아무도 신경을 쓰지 않았다. 그러나 송전탑은 달랐다. 거기다 아버지는 손에 낫까지 들고 올라갔다고 했다.

— 저놈의 전기를 모조리 죽여야만 해. 모든 지령이 저기서 온다!

아버지는 그렇게 소리를 지르고 올라갔다고 했다. 내가 제일 늦게 도착했는지 송전탑 아래에는 이미 수많은 사람들이 모여 있었다. 소방차와 경찰관은 물론이고 교장 선생님과 당시 내가 제일 사랑하던 미술 선생님 그리고 엿장수 아저씨까지 가위질을 멈추고 까마득한 송전탑을 올려다보고 있었다. 마을 잔치도 그렇게 큰 마을 잔치는 없었다. 마을 사람들이 모두 모인 듯했다. 사이렌 소리와 무전기 소리, 어머니가 우는 소리 그리고 아버지가 고함치는 소리, 하다못해 동네 개들까지 다 뛰쳐나와 마구 짖어대고 있었다. 어른들 사이로 개들과 아이들이 마구 돌아다녀 마치 운동회 같았다. 나는 막걸리를 마신 것처럼 흥분되었고 얼굴이 달아올랐다. 아버지가 두 발로 디딘 채 일어날 때는 마을 사람들 모두가 동시에 탄성을 질렀다. 아버지는 일어나서 한 손으로 철근을 잡고는 웅변하는 사람처럼 낫을 흔들며 외치기 시작했다. 그러나 아버지가 있는 곳은 우리들이 서 있는 땅과 너무나 멀어 소리가 잘 들리지 않았다. 사람들은 저마다 아버지의 말을 다르게 들었다. 웃는 사람들도 있었고, 박수를 치는 사람들도 있었다. 경찰관과 소방관은 아버지를 어떻게 잡아야 하는지, 어떻게 구조를 해야 하는지 서로가 아는 모든 지식을 동원해 소리를 높였고, 교감 선생님은 사람들과 논쟁을 하다가 나에게 조용히 와서 아버지가 올라간 이유에 대해 자문을 구하기도 했다. 울고 있던 어머니는 나를 발견하고는 재빨리 달려와 양손으로 내 눈을 가렸다.

— 얘야, 얘야. 저건 놀이란다. 그저 아빠가 하는 놀이일 뿐이란다. 넌 어서 집으로 돌아가거라.

송전탑 외에 그 어느 것도 뚜렷한 게 없던 마을이어서 그랬을까? 마을 사람들은 모두 기이한 곡예를 구경 나온 사람들 같았고, 잔치 분위기였다. 저건 단순한 놀이일 뿐이야. 마을 사람들을 위해 아버지가 베푸는. 그러자 정말 내 눈엔 그저 모든 것이 우스꽝스런 놀이 같았다. 시커멓게 감전된 채, 뼈도 없이 뭉개진 아버지의 시체만 뺀다면 말이다.

내게 그런 과거가 있었다면 그녀에게도 이상한 과거가 있었다.

— 내 기억은 창백해요.

기억이 희미하다는 말은 들어보았지만 창백하다는 말은 그녀에게서 처음 들어본 말이었다. 그녀는 아버지에 대한 기억이 별로 없었다. 그녀의 아버지는 화가였는데, 매우 자유분방한 사람이었다고 했다. 그녀의 어머니 역시 당시로서는 보기 드문 유학파에 개방적인 여성이었다고 했다. 그녀의 아버지는 도청 앞에서 있었던 시위에서 죽었다. 확인하니 아버지가 진압하러 간 그 도시였다. 그녀의 아버지가 죽은 다음부터 그녀의 어머니는 독실한 기독교 신자가 되었다고 했다. 신을 믿지 않아 생긴 벌로 남편이 죽었다고 그녀의 어머니는 생각했다. 그날부터 자유롭던 그녀의 어머니는 죽었다. 그녀의 어머니는 아버지 없이 자라게 된 그녀를 매우 엄격하게 가르쳤다고 했다. 그녀의 모든 행실이 어머니의 눈에 보일 수 있도록 항상 그녀의 방문과 창문은 열려 있어야 했다. 그녀가 엎드려서 숙제를 할 때도 열린 문 앞에서 하게 했으며, 옷을 갈아입거나 목욕을 할 때도 문을 꼭 열도록 했다. 그런 일은 그녀가 사춘기에 접어들면서 더욱 심해졌다. 초경을 하고, 가슴이 솟기 시작하고, 사타구니에서 거웃이 막 자라기 시작했을 때도 그녀는 절대로 문을 닫지 못했다. 그녀가 중학생일 때 어쩌다 문을 닫고 목욕을 하면 그녀의 어머니는 벼락같이 소리를 질렀다고 했다.

— 이년. 지금 내가 못 봤다고 해서 모를 줄 아느냐. 유두가 왜 커졌느냐? 네년의 손가락이 질 속으로 오간 걸 내가 모를 줄 아느냐?

그녀의 어머니는 소리쳤다. 그녀의 어머니는 그녀에게 한여름이면 뜨거운 물을 퍼부었고, 한겨울에는 얼음보다 더 차가운 물을 퍼부었다고 했다. 그녀는 살기 위해서 분노를 터뜨리기보다는 복종했다. 그녀의 어머니는 주변 사람들에게서 재혼을 하라는 말을 들으면 더욱 난폭해졌다. 성(性)은 죄악이다. 그녀의 어머니는 그렇게 중얼거렸다.

그녀가 고등학생이 되어서도 마찬가지였다. 열린 문과 열린 창문으로 그녀의 어머니는 늘 지켜보고 있었다. 그녀에겐 숨을 공간이 조금도 없었다. 그녀가 생리를 할 때마다 그녀의 어머니는 그녀의 처녀막이 터진 것이 아닌지 의심했고, 그럴 때마다 그녀의 어머니는 그녀에게 오이와 당근을 입안으로 쑤셔 넣었다. 그녀는 목젖과 편도가 모두 헐어 두 차례 응급처치를 받기도 했다.

그녀는 밤이 되면 늘 불안했다. 열려 있는 창문과 문으로 알 수 없는 그림자들이 어른거릴 때마다 그녀는 누군가가 자신을 범하러 오는 것이라 생각했다. 바람에 흔들리는 나뭇가지의 그림자에도 그녀는 잠옷의 일곱 개의 단추를 꼭 쥔 채 잠들어야 했다. 그럴수록 그녀의 아랫도리는 젖어갔고 그녀는 모멸과 수치심과 분노로 밤마다 작은 소리를 내며 울었다.

— 전 옛일을 떠올리면 머릿속이 창백해져요. 그래서 내 기억을 창백하다고 말한 거예요.

그녀는 그렇게 말했다.

— 우리들에겐 특별한 인연이 있군요.

나는 그렇게 말하면서 그녀의 손을 꼭 쥐었다. 그녀와 나는 결국 아버지들 때문에 급격하게 가까워졌다.

초대장 같은 미소를 지닌 그녀는 정말이지 특이했다.

그녀는 도심에서 가장 높은 층에 살고 있었다. 처음 그녀의 오피스텔에 갔을 때 나는 다시 회사로 출근한 것 같은 착각에 빠졌다. 현관문을 열면서 내가 기대했던 것은 그녀와 술을 마실 작은 식탁과 이후 자연스럽게 함께 누울 침대였다.

그러나 문 안에 꼭꼭 숨겨져 있던 것은 그녀가 일하는 팀과 완벽하게 일치하는 사무실 공간이었다. 파티션을 중심으로 네 개의 책상이 거실 한가운데 놓여 있었다. 그리고 좀 떨어진 곳에는 팀장 K의 책상이 놓여 있었다. 사무실처럼 오른쪽 벽에는 복사기가 있었고, 왼쪽 벽에는 사무실에 있는 냉장고와 똑같은 모델의 냉장고가 있었다. 개인용 노트북을 사용하는 J의 책상 위에는 J의 것과 똑같은 노트북이 놓여 있었고, 회사에서 지급한 컴퓨터를 사용하는 P의 책상에는 사원용 컴퓨터가 놓여 있었다. S의 책상에는 S의 평소 습관처럼 곳곳에 포스트잇이 붙어 있었다. 가장 놀라운 것은 팀장 K의 책상이었다.

팀장 K는 무엇이든지 제자리에 있어야만 하는 사람이었다. 평소 고여 있는 웅덩이처럼 조용한 사람이지만 물건이 다른 자리에 있으면 이내 숨을 헐떡이며 식은땀을 흘렸다. 그래서 같은 부서가 아닌 나도 팀장 K의 책상 위의 상태만은 잘 기억하고 있는 편이었다. 완벽해도 이 이상 완벽할 순 없었다. 어디서 구했는지 K의 딸 사진까지 똑같은 위치에 놓여 있었다.

K의 딸은 지독히 못생긴 데다 몹시도 뚱뚱했다. 진짜 사무실에 있는 사진과 마찬가지로 그녀의 방에 있는 사진 속에서 K의 딸은 계곡에 발을 담근 채 카메라를 올려다보고 있었다. 하지만 고개를 돌린 목에는 배배 꼬인 밀가루 반죽처럼 살들이 비틀어져 있어 올려다보는 게 무척 힘들어 보였다. 미소를 짓고 있지만 볼살에 가려 미소는 희미한 그림자 같았다. 사진 속의 배경은 한여름이었지만 살들 때문에 두꺼운 겨울옷을 입고 있는 것 같았다. 그런 K의 딸은 한 아이돌스타에게 미쳐 있었다. 브로마이드를 벽마다 붙였고, 이불과 베개, 심지어 잠옷에까지 아이돌스타의 사진을 붙였다고 했다. 속옷의 가장 깊은 부분에는 증명사진 크기의 아이돌스타의 사진을 붙였는데 그 속옷은 절대 빨지도 않는다고 했다. 그러면서 사진속의 스타에게 빨아라, 먹어라,라며 밤새 중얼거린다는 것이었다.

딸애가 속옷마다 아이돌스타의 우표만 한 사진들을 붙일수록 K가 딸애의 머리카락을 뽑는 횟수는 늘어갔다. 아버지가 죽지 않았으면 K와 나이가 비슷할 것이었다. 나는 K를 보면서 아버지를 자주 떠올렸다. K는 씩씩대며 화를 내지만, 그런 K를 보고 있으면 세상의 분노가 모두 사라진 것만 같았다. 자식들은 부모의 죽음을 모르고, 아버지들의 분노는 기껏해야 자식의 머리카락을 뽑는 게 다였다. 그들은 모두 행복하게 분노를 느끼고 있었다.

나는 K에 관한 이야기를 B에게서 들었다. 현장에 나가야 하는 우리가 출근하면서 가장 먼저 들르는 곳은 건물 지하에 있는 탈의실이었는데, 옷을 갈아입기 위해 탈의실에 들를 때면 B는 늘 엉터리 같은 이야기들을 들려줬다.

— 그거 알아? 김일성이 외계인이었다는 사실을?

이야기를 하면서 B는 전신거울에 늘 자신의 근육을 비춰 보았다. B는 보디빌더처럼 양팔을 들어 올린 채 거울 앞에서 몸을 좌우로 천천히 흔들었다. 그럴 때마다 나는 B의 겨드랑이에 무수히 난 털이 거슬렸다. 창문 하나 없는 지하 탈의실에는 언제나 하수도 냄새가 풍겼다. 어디서 새는지 알 수 없는 구정물들이 바짝 마른 가뭄에도 벌레처럼 기어 나왔다. 하나밖에 없는 형광등은 숨이 막힌 것처럼 희미했고 시멘트 가루들이 퇴적층처럼 곳곳에 쌓여 있었다.

나는 그녀에게 왜 이렇게 집을 꾸몄는지 물었다. 그녀는 아무런 대답도 하지 않았다. 그녀는 사무실에서와 똑같은 자신의 자리에 말없이 앉았다. 그러곤 사무실에서 하는 것처럼 일을 했다. 계산하고 검토하고, 작성하고 검토하고.

나는 그녀가 일하고 있는 것을 그녀의 등 뒤에 선 채로 지켜보았다. 그녀의 머리 아래로 약간 벌어져 있는 블라우스가 보였다. 그리고 그 사이로 그녀의 가슴 언덕이 보였다.

나는 그녀의 손에 있는 펜을 잡았다. 펜을 책상 위로 던진 다음 그녀를 일으켰다. 그녀의 몸에서 달콤한 과자 냄새가 났다.

그녀는 내가 제일 좋아하는 초대장 같은 미소를 지었다. 나는 그녀의 빰을 어루만졌다. 그러자 그녀는 내게 몸을 완전히 기대고는 귓속말로 "더 세게"라고 말했다. 내가 가만히 있자 그녀는 다시 속삭였다. 더 세게 해서 나를 화나게 만들고 복종시켜줘. 나에게 서류 뭉치를 던지고 내 머리카락을 잡아당기며 옷을 찢어줘. 분노와 복종 사이에서 나를 흥분시켜줘. 그래서 내 분노에 내가 복종하게끔 나를 길들여줘.

나는 정말이지 그녀가 마음에 들었다. 내겐 새로운 놀이가 필요해. 나는 그녀의 블라우스를 잡아당겼다. 그녀는 고개를 숙인 채 힘없이 서 있었다. 나는 손바닥으로 그녀의 무릎에서부터 허벅지를 만지며 천천히 올라갔다. 그녀는 내가 손을 움직일 때마다 몸을 움찔거렸다. 나는 움직이지 말라고 소리쳤다. 그녀는 곧 울 것 같은 표정을 지었다. 치마를 내리자 하얀 속옷이 드러났다. 나는 그녀에게 브래지어를 벗지 말고 가슴 위로 올리기만 하라고 했다. 그녀는 약간 머뭇거리더니 이내 내 말을 따랐다. 가슴과 유두가 브래지어에 억눌렸다. 나는 혀끝으로 그녀의 유두를 건드렸다. 침이 묻은 작은 유두가 반들거렸다. 젖었지? 내가 물었지만 그녀는 아무 말도 하지 않았다. 젖었지? 내가 다시 묻자 그녀는 그제야 고개를 끄덕였다. 나는 그녀의 속옷을 발목까지 내린 다음 그녀를 의자로 밀쳤다. 의자로 쓰러진 그녀는 다리를 오므렸다. 내가 다리를 벌렸지만 그녀는 힘을 주어 다시 오므렸다. 나는 바지를 내렸다. 초대장 같은 그녀의 미소가 자꾸만 떠올랐다. 그럴수록 화가 났고 그녀의 말대로 그녀를 무참하게 짓밟고 싶었다. 저기 복사기로 가서 너의 성기를 복사해 와. 그녀는 고개를 가로저었다. 나는 그녀의 턱을 쥐고 살고 싶으면 당장 내 말을 실행하라고 협박했다. 그녀는 울 것 같은 표정을 짓고 복사기 앞으로 갔다. 그녀는 복사기 앞에서 고개를 돌려 나를 보았다. 나는 그녀의 책상 위에 있던 종이와 서류들을 그녀의 얼굴에 집어던졌다. 그녀의 얼굴에 맞은 종이들이 총알을 맞고 쓰러지는 전장의 군인들처럼 힘없이 떨어졌다. 그녀는 의자를 가져와 그 위에 올라섰다. 그러곤 천천히 오른발을 들어 복사기 위에 올려놓았다. 복사 버튼을 누르자 푸른빛이 그녀의 벌린 가랑이 사이를 오갔다. 나는 복사된 종이를 보았다. 그녀가 성기를 밀착하지 않아 온통 검은색만 가득했다. 나는 그 종이를 구겨 그녀의 입에 집어넣었다. 복사 하나 제대로 못하니? 그러자 그녀는 성기를 밀착시켰다. 다시 푸른빛이 오갔고 그녀는 작은 눈물방울 하나를 흘렸다. 나는 그녀를 밀친 다음 복사된 종이를 보았다. 선명하진 않았지만 그녀의 성기가 복사되어 있었다. 나는 그 종이를 내 성기에 감싼 다음, 자위를 했다. 나는 그녀에게 자위하는 모습을 보게 했다. 이건 종이가 아냐. 그거 알아? 이건 네 성기야. 알겠어? 그녀는 고개를 끄덕였다. 나는 그 모습이 무척 얄밉다는 생각을 했다. 그녀가 밀착했던 복사기에는 그녀의 흔적이 남아 있었다. 나는 거기에 혀를 대었다. 그녀의 냄새와 복사기에서 나온 토너의 냄새가 섞여 있었다. 나는 혀로 핥았다. 그러고는 그녀에게 다시 내 혀를 핥게 만들었다. 나와 그녀는 혀끝으로 서로의 혀끝을 애무했다. 나는 복사된 종이를 속옷 입히듯 그녀에게 입혔다. 종이가 자꾸 떨어져서 테이프로 붙였다. 복사된 종이에서 그녀의 냄새가 났다. 나는 종이 위를 핥고 핥았다. 그녀는 울기 시작했다. 나는 그녀를 개처럼 엎드리게 한 다음 그녀의 머리카락을 움켜쥐고 그녀의 몸 안으로 들어갔다.

우리는 그날 이후 그녀의 오피스텔을 벗어나 실제로 근무하는 사무실에서도 정사를 나눴다. 그녀는 모멸을 느끼고 그 모멸에 복종하지 않으면 전혀 성욕을 느끼지 못했다. 그것도 사무실에서만 흥분했다. 그녀의 어머니가 죽은 이후 그녀에게 집은 더 이상 열린 공간이 아니었다. 모든 창문과 방문을 열어놓아도 그것은 열려 있는 게 아니었다. 감시자가 없는 공간을 더 이상 감옥이라고 할 수 없듯이 그녀에게 어미 없이 방문이 열려 있는 집은 아무런 의미도 없었다. 그녀는 집에서 더 이상 수치심과 모멸감과 복종을 느끼지 못했다. 대신에 그녀는 수치심과 모멸감과 복종을 사무실에서 느끼기 시작했다. 계단을 오르거나 의자에 앉아 있을 때마다 그녀는 스커트 사이를 누군가 훔쳐본다는 상상을 했다. 상체를 숙일 때도 마찬가지였다. 사람들의 시선이 자신의 가슴에서 떠나지 않는 것 같았다. 그녀는 분노와 함께 몹시 흥분하는 자신을 느꼈다. 갈수록 치마의 길이가 짧아지는 자신을 스스로도 이해할 수 없었다. 그녀는 옷차림 때문에 회사에서 걸레라는 별명을 얻었다.

그녀는 집을 아예 사무실과 똑같이 꾸미기 시작했다. 그리고 자신의 집에 만든 사무실에서 팬티를 입지 않은 채 미니스커트를 입었다. 브래지어를 하지 않은 채 블라우스를 입었다. 그리고 누군가가 보고 있다는 생각에 분노와 함께 흥분했다. 그녀는 집을 사무실로 완벽하게 꾸미고 나서야 안심이 되었다.

청소하는 아주머니가 퇴근하면 우리는 다시 사무실 문을 활짝 열어 우리들만의 일을 새롭게 시작했다. 정사가 끝나면 그녀는 항상 울었고, 나는 팀장과 부장과 이사 방의 휴지통에 내 정액이 묻은 휴지를 두었다. 나는 가끔 그녀를 육체적으로 학대했는데, 그녀는 그런 것에는 전혀 반응하지 않았다. 그녀는 오로지 정신적인 모멸감과 분노에만, 그리고 그런 더러운 모멸감에 복종할 때만 흥분했다. 나는 그녀의 수치심과 분노를 더 자극하기 위해 그녀의 곳곳을 카메라로 찍었다.

— 이건 단순한 카메라가 아니야. 이건 CCTV야.

그녀는 울면서 복종했다.

우리가 정사를 나누는 동안 봄부터 시작한 산발적인 시위는 계속 이어졌다. 우리는 정사를 마친 다음 시위를 구경했다. 정사 후 알몸으로 시위대를 바라보고 있으면 어쩐지 우리들은 안전하다는 생각이 들었다. 내가 그녀의 옷을 주워줄 때마다 그녀는 얼굴을 붉힌 채 훌쩍였다. 배가 고프면 그녀는 주로 사과를 먹었고 나는 라면을 먹었다. 때론 사과와 라면을 번갈아 먹으며 시위대를 보았다. 시위대들은 뭐라고 소리를 질렀지만 도심에서 가장 높은 그녀의 오피스텔까지 그들의 소리는 전해지지 않았다. 굳게 닫힌 두꺼운 유리문을 열어도 바람 소리 때문에 잘 알아들을 수가 없었다. 마치 한 편의 무성영화를 보는 것 같았다. 소리가 들리지 않는 시위대는 송전탑 위에서 소리 지르던 아버지를 떠올리게 했다. 그때와 바뀐 것은 위치뿐이었다. 저들도 전기를 죽이기 위해 거리로 나온 것일까?

정사를 마치고 나온 새벽 거리 곳곳에는 밤새 도심의 사람들이 남긴 분노의 흔적들로 가득했다. 그 며칠 사이에 팀장 K는 굴복했다. 딸애의 머리카락을 뜯어내는 대신 딸애가 미처 구하지 못한 사진들을 구해 딸애에게 선물했다.

— 요즘 젊은것들의 요구라는 게 고작 그런 것들뿐이지.

K는 흡연실에서 그렇게 말했다. 젊은것들이란 게 자신의 딸을 두고 하는 말인지 아니면 거리로 나온 시위대를 두고 하는 말인지 알 수 없었다. K는 새로 나온 스타의 DVD를 보며 담배를 하나 더 피웠다.

그녀와 정사를 하면서부터 나에겐 새로운 버릇이 생겼는데, 그건 정사를 마친 다음 텅 비어 있는 건물을 돌아다니는 것이었다. 새벽의 건물은 마치 진공상태 같았다. 새벽이 올 때까지 어둠과 정적만이 감도는, 아무런 생명성도 느껴지지 않는 건물 안이 나는 좋았다.

우리가 입주해 있는 건물은 철거를 앞두고 있을 정도로 도심에서 가장 낡은 건물이었다. 이 건물은 머지않아 죽을 것이었다. 누수와 누전은 하품처럼 자주 찾아왔고, 동맥경화에 걸린 것처럼 엘리베이터는 벽 긁는 소리를 내며 힘겹게 오르내렸다. 나날이 발견되고 자라는 것은 균열뿐이었다. 입주해 있는 사무실은 그녀와 내가 다니는 회사뿐이었다. 나는 언젠가 건물의 부서진 벽에서 피가 흐르는 것을 보았다. 관리인은 누수에 의해 녹슨 쇳물이라고 했지만 그것은 꼭 피 같았다.

어둠은 안개처럼 복도를 휘감고 있었고, 안개 같은 어둠을 손으로 걷어가며 들어가면 마치 끝이 없을 것만 같았다. 어쩌면 그것은 걸어가는 것이 아니라 빨려드는 것인지도 모른다. 나는 어둠을 걷어가며 조금씩, 조금씩 전진해 건물 안을 돌아다녔다. 그러고는 어둠 한가운데 앉아 조용히 정적을 느끼곤 했다.

정적은 무서운 속도로 질주하는 물소 떼 같았다. 그럴 리가 없는데도 말이다. 그러나 자신의 손바닥도 보이지 않는 어둠 속에 앉아 있으면 정적은 육중한 물소들이 되어 어둠 속을 마구 돌아다녔다. 나는 어둠 속에 마냥 앉아 있다가 아내 곁으로 돌아갔다. 멀리서 등대처럼 불을 밝히고 있는 그녀가 보였지만 나는 그녀를 두고 어둠 속에 한동안 서성이다가 집으로 돌아갔다. 사무실에 있는 동안 그녀는 안전할 것이다. 비록 죽을 때가 다 된 건물이라 할지라도.

그녀는 내가 사무실을 떠나 집으로 가는 것을 무척 싫어했다.

언젠가 그녀는 나에게 집이 무엇인지 아느냐고 물었다.

— 한자로 집 가(家) 자 알지? 글자를 잘 봐. 무엇으로 이루어져 있나. 갓머리(宀)에 돼지 시(豕) 자가 들어가 있어. 그게 뭘 뜻하겠어? 집이 아니라 돼지우리야. 그렇게 집이 좋으면 집으로 가버려. 난 사무실에 있을 테니까.

— 내일 보자. 난 이만 돼지우리로 돌아갈 테니. 바이, 바이.

내가 손을 흔들자 그녀는 아랫입술을 꽉 물었다.

그녀와 내가 자주 만나고 있을 그 무렵 아내는 임신을 원했다. 결혼 전 아내에겐 남동생이 있었다. 아내의 남동생은 감당할 수 없는 병원비만 남기고 스무 살에 죽었다고 했다. 그 일로 인해 아내의 어머니는 아직까지 요양소에 있었다. 자식을 잃은 슬픔에 정신까지 회미해졌으므로. 아내는 집안의 불행이 전적으로 거기에 있다고 믿고 있었다. 그래서 아내는 결혼을 하더라도 자식은 절대 가지지 않겠다고 평소 말했었다. 그런 아내가 먼저 임신을 요구하자 나는 약간의 혼란을 느꼈다. 대체 이건 또 무슨 놀이람?

아내와 정사를 가질 때면 새벽에 건물 안에서 보던 어둠과 무거운 정적만이 자꾸 떠올랐다. 나는 정사를 가지다 말고 아내에게 물었다.

— 이봐, 정적이 물소 무리가 되어 질주하는 느낌을 받은 적이 있어?

그럴 때면 아내는 콧소리를 내며, 뭐라고? 하며 약간의 짜증을 냈다. 옅은 어둠 속에서 아내의 얼굴은 그녀의 얼굴과 조금씩 섞였다.

— 왜 이렇게 살아야 하지?

나는 아내와 정사를 가진 다음 아내에게 물었다.

— 뭘?

아내는 피곤한 듯 하품을 했다.

— 집 가(家) 자 말이야. 이상하지 않아? 집을 나타내는 갓머리 아래에 돼지 한 마리가 들어가 있는 모양이잖아? 왜 사람 인(人) 자가 들어가 있지 않는 걸까? 그건 사람이 사는 집이 아니라 돼지우리잖아. 그런데도 왜 그 한자를 집이라고 했을까?

— 몰라, 그런 거. 어쨌든 난 집이 좋아.

아내는 잠이 들듯 말듯 했다. 나는 아내를 바라보면서 사무실처럼 꾸민 오피스텔에서 그녀와 정사를 가진 후 시위대를 바라보던 기분과 똑같은 기분을 느꼈다. 복종은 안전하다. 복종보다 더 안전하게 우리를 지켜주는 게 또 어디 있을까? 사무실과 아내는 아늑하다. 우리가 사는 동안 변함없는 것은 미세한 균열뿐이다. 우리가 사는 곳을 한번 둘러봐. 집 아니면 사무실뿐이야. 변함없이 발생하는 균열처럼 결국 집 아니면 사무실뿐이야. 다른 것이 있다면…… 그건 아마 송전탑뿐일 것이다.

나는 그녀가 왜 자신의 방을 사무실과 똑같이 꾸몄는지, 그리고 왜 사무실에서 자신을 학대해야만 흥분되는지 조금씩 이해가 될 것 같았다.

그날 밤 나는 건물이 되었고, 건물처럼 죽어가는 꿈을 꾸었다. 우리의 삶이 죽어가는 건물보다 더 낫다고 누가 말할 수 있을까?

그리고 다음 날 아침부터 난 이상한 환각에 시달리기 시작했다.

들리는가? 들리는가? 지금 허락 없이 불시착하겠다. 매우 불안정하다. 몸이 떨리고 뜨거워졌다. 하지만 그 어디에서도 대답은 없었다. 안테나가 부러졌거나 통신 장치가 고장 난 것인지도 모른다. 아니, 어쩌면 우리들에겐 처음부터 안테나나 통신 장치가 없었는지도 모른다.

우린 동의 없이 태어났고, 허락 없이 불시착한다.

들리는가? 들리는가?

그러나 아무래도 착륙 전에 펑 하고 터져 한 줌의 재가 될 것 같았다. 나는 어지럽고 속이 울렁거렸다.

장마철이 끝나고 본격적인 무더위가 시작될 무렵, 나는 해고되었다. 가정에서도, 회사에서도. 회사에서 챙겨 올 짐은 거의 없었다. 짐을 싸면서 그녀를 찾았지만 팀장인 K조차 그녀의 행방을 모르고 있었다. 그녀는 내가 돼지우리로 돌아간다고 한 다음 날부터 회사에 나오지 않았다. 짐을 싸고 있는데 근육질의 B만이 나에게 조심스럽게 다가와서 속삭였다.

— 그거 알아? 우리 회사에 밤마다 누군가가 들어와서 섹스를 했대.

— 아, 그래?

나는 B에게 누구인지 아느냐고 물었다.

— 재작년 구조조정 때 불륜 커플 잘랐었잖아. 그 둘이 함께 자살했고. 그 유령들이지 뭐겠어?

흠. 나는 B에게 겨드랑이 털이 보기 좋다고 말해주었다. 그러자 B는 양팔을 올리고는 고개를 숙여 자신의 겨드랑이 털을 보았다.

짐을 싸고 나니 작은 가방 하나도 채우지 못했다. 돌아오는 길에 지하철이 텅텅 비어 있어 기분이 좋았다. 나는 현관문을 열며 이제부터 무슨 놀이를 해야 할지 생각했다.

— 여보, 나 해고됐어.

신발을 벗고 거실로 올라가는데 내 목소리가 들려왔다. 내 목소리는 텔레비전에서 나오고 있었고, 아내는 나와 그녀가 찍은 동영상을 텔레비전으로 보고 있었다. 이런, 이런. 테이프를 집에 두는 게 아니었는데. 커다란 화면에는 울고 있는 그녀와 그녀의 음부가 번갈아 나오고 있었다.

— 뭐? 환각?

아내가 조용히 물었다.

음, 그건 말이지. 일종의 치유라고 할 수 있지. 알아, 알아. 물론 보기에 따라서는 엄청난 견해차가 있다는 것을. 그러나 난

잡한 바람 피우기가 아니야, 적어도 나에게 있어서는.
라고 말하고 싶었지만 나는 아내에게 아무 말도 하지 않았다.

— 저런 걸 두고 고립이라고 하는 모양이지?

아내가 물었지만 나는 아무 말도 하지 않았다. 장마가 끝났는데도 어디선가 곰팡이 냄새가 나는 것 같았다. 말없이 서 있는 내 눈에 커다란 가방이 보였다. 아내는 보기 좋게 내 짐을 꾸려놓았다. 거실 한가운데 있는 그 커다란 가방이 무엇인지 물어보지 않아도 뻔해 보였다.

— 내가 좋아하는 잠옷이랑 음악 CD도 넣었어?

나는 가방을 만지며 물었다. 하지만 아내는 말없이 화면만 보고 있었다. 화면 속의 그녀는 울고 있었고, 나는 그녀를 다그치며 삽입하고 있었다.

— 나, 간다. 집은 당신이 가져.

내가 말했지만 아내는 여전히 아무 말도 없었다. 내가 문을 열려고 할 때 아내는 차분하게 말했다.

— 이 집은 처음부터 내 명의였어.

음, 그랬었지.

나는 아파트 놀이터에서 그녀에게 전화를 했다. 그녀의 휴대폰이 결번으로 나왔다. 회사로 전화를 걸었지만 그녀의 행방을 아는 사람은 아무도 없었다. 커다란 가방을 끌며 지하철역으로 가는데 가방 아래 달려 있던 바퀴 하나가 부러졌다. 회사에서 가지고 온 가방은 어깨에 메고 집에서 가져 나온 가방은 질질 끌며 그녀의 오피스텔까지 갔다. 젠장, 지독히도 더웠다. 가방 안에서 반바지를 찾았지만 온통 겨울옷들뿐이었다. 내가 가장 좋아하는 잠옷도 없었다. 그러나 그녀에게 받을 퇴사 선물을 기대하면 은근히 기분이 좋아졌다. 나, 집에서도 회사에서도 해고 당했어. 오늘은 그 기념으로 당신이 나에게 모욕을 줘봐. 오줌을 싸라고 해도 쌀게. 그런 상상을 하자 아랫도리가 묵직해졌다. 그 바람에 가방을 끌기에 더 힘이 들었다.

그녀의 오피스텔 현관문에 서서 비밀번호를 눌렀지만 문은 열리지 않았다. 벨을 눌러도 소용없었다. 곧장 관리실에 가서 물어보니 이틀 전에 이사를 나갔다고 했다. 어디로 갔는지 아느냐고 물었지만 월세라서 연락처만 가지고 있을 뿐이라고 했다. 휴대폰은 여전히 연결되지 않았다.

나는 일층 로비에서 노을이 질 때까지 앉아 있었다. 집에서나 회사에서나 내게 남은 것이라곤 가방 두 개뿐이었다. 이 거대한 도시에서 갈 곳이라곤 집과 사무실밖에 없다는 것이 너무나 말도 안 된다고 생각했지만 그게 현실이었다. 송전탑에나 가볼까 하는 말도 안 되는 상상을 하고 나니 담배도 다 떨어지고 없었다.

나는 가방을 끌며 마냥 걸었다. 계속 걷다 보면 그녀를 만날지도 모른다는 생각이 들었다. 가방을 질질 끌며 걷고 있는데 뒤에서부터 시위대가 행진해 왔다. 나는 가방을 안거나 끌며 시위대와 함께 걸었다. 언제 해가 졌는지 어느새 어두워지고 있었다. 건물마다 환한 빛들이 켜지고 있었다.

들리는가? 멀리 불빛들이 보인다. 유도등인가? 지금 기체가 무척 떨린다. 기압이 올라가고 있다. 2번 엔진에 이어 1번 엔진까지 잃었다. 갈 수 있는지 모르겠지만 저 불빛까지 끌고 가도록 하겠다. 들리는가?

주변의 웃음소리에 놀라 두리번거렸다. 또다시 환각에 빠져 있었던 모양이었다. 한 남자가 놀란 눈을 하며 나에게 괜찮은지 물었다. 나는 땀을 닦았다. 사람들 사이를 빠져나가려 했지만 경찰들이 어느새 시위대를 포위하고 있어 빠져나갈 수 없었다. 제일 앞에서부터 사람들이 앉기 시작했다. 한가운데 있었던 나는 도저히 빠져나갈 수 없었다. 회사에서 가지고 온 가방을 바닥에 깔고, 집에서 가지고 온 가방은 껴안은 채 나 또한 앉을 수밖에 없었다. 해산하지 않으면 조치를 취하겠다는 소리가 울려 퍼졌다. 그러나 시위대는 앉은 자리에서 꼼짝도 하지 않았다. 누군가가 핸드마이크를 들고 자유발언을 할 사람이 있는지 물었다. 얼마 지나지 않아 한 여자가 앞으로 나갔다. 멀리 떨어져 있어서 여자의 얼굴은 자세히 볼 수 없었다. 여자는 핸드마이크를 쥐자마자 소리쳤다.

난 늘 분노와 복종 사이에서 흥분하지. 누구나 그래. 모든 사람들은 분노와 복종 사이에 있어. 분노를 하지만 결국 그 틀을 벗어나지는 않아. 화가 나지만 순순히 따를 수밖에 없을 때, 참을 수 없는 가려움이 있어. 제도는 구정물 같아. 그러나 누구나 구정물에 몸 담그는걸? 구정물에 빤 걸레를 수건으로 알지. 악

취를 애써 향기라고 믿어. 누구나 그래. 살기 위해서 분노는 늘 복종이 되지. 인간은 언제나 그랬어. 분노와 복종 사이에 있어. 어디 날 강간해봐. 내게 참을 수 없는 고통을 줘봐. 분노와 복종 사이에서 나를 숨 막히게 해봐. 동의 없이 태어났고 허락 없이 불시착하지. 그게 우리야.

사람들이 웅성거렸지만 오히려 나는 정신이 번쩍 들었다. 그녀다. 그녀가 분명했다. 나는 그녀를 부르기 위해 자리에서 일어났다. 그 순간 포위를 하고 있던 경찰관들이 시위대 강제해산에 들어갔다. 나는 가방까지 버리고 그녀를 만나기 위해 사람들을 헤치고 앞으로 나가려 했다. 그러나 사람들 때문에 그럴 수 없었다. 그날 그녀를 본 게 환각이 아니라고 굳게 믿고 싶지만 자신은 없다.

그해 여름은 내 삼십대의 마지막 여름이었고, 무척이나 더웠다. 추석이 다 되었지만 도심에 주저앉아 있던 늦더위는 떠날 기색이 전혀 없었다. 나를 더욱 덥게 만든 것은 아내였다. 몇 가지 남은 서류를 확인하고 정리하기 위해 아내를 만났다. 그런데 아내는 그 자리에 재혼할 남자를 데리고 나왔다.

— 안녕하세요. 처음 뵙겠습니다.

악수를 청하는 남자의 손은 땀에 젖어 있어 갓 잡은 물고기 같았다.

— 당연히 처음 보는 거지요.

내가 퉁명스럽게 말하자 남자는 호기롭게 웃었다. 알고 싶지 않은데도 아내는 재혼할 남자를 소개했다. 남자는 석유 시추 일 때문에 일 년의 반은 대양 한가운데서 지낸다고 했다.

— 정말 고립이 뭔지 아는 사람이에요. 누구처럼 이불 속에서만 고립을 외치는 게 아니라.

아내는 웃으며 덧붙였다. 남자도 고개를 끄덕였다.

— 토끼가 여우보다 왜 더 빨리 달리는지 아시죠? 토끼에겐 살기 위해 필사적인 게 있기 때문입니다. 앞으로는 에너지 대란이 일어날 것입니다. 자원이 빈약한 우리로서는 그야말로 필사적인 셈이죠. 고립감과 절망 따위를 생각한다면 이 일 오래 못 합니다.

남자는 하이네켄 병을 빙빙 돌리며 말했다. 어딘가 돌이 있으면 남자의 면상을 향해 던지고 싶었다.

— 그건 여우도 마찬가지 아닌가요? 토끼가 마지막 먹이라면 토끼보다 더 필사적일 것 같은데.

내가 말했지만 남자는 듣지 않는 척했다. 내 말을 듣지 않는 건 아내도 마찬가지였다. 아내는 내가 전해 준 서류만 꼼꼼하게 보더니 어딘가에 전화하기 위해 자리에서 일어났다.

— 헤어진 지 얼마나 지났다고 벌써 결혼을 해? 결혼제도에 정말 순종적인 여자지요, 그렇지 않습니까?

아내가 없는 틈을 타 내가 물었다.

— 저도 사실은 이번이 두번째 결혼입니다.

남자가 말했다.

— 아, 그러세요? 이전 아내는 지금 뭘 하세요?

내가 건배를 했지만 남자는 병만 부딪치고는 마시지 않았다.

— 죽었습니다.

남자가 말했다.

— 아, 저런.

— 한때 고립감을 이기지 못해 환각을 보곤 했지요. 어느 날 베란다에 서 있는 아내를 밀었습니다. 이십사층이었습니다.

— 하하, 농담이지요?

내가 웃자 그도 따라 웃었다. 그는 웃으면서 누군가를 떠미는 시늉을 했고, 나도 덩달아 웃으면서 그의 동작을 흉내 냈다.

아내가 돌아왔고, 아내는 무슨 재미난 이야기를 나누었는지 물었다. 나는 별일 아니라는 듯 어깨를 으쓱했다. 고맙게도 아내와 재혼할 남자가 계산을 했고, 나는 남자가 남기고 간 맥주까지 마셨다. 아내와 남자가 팔짱을 끼고 나갈 때 나는 크게 손을 흔들어주었다. 그리고 남자에게 누군가를 떠미는 시늉을 했다. 그건 마치 그와 나만이 아는 사인 같았다.

창밖에는 딸기 시럽을 뿌려놓은 것 같은 노을이 껴 있었다. 한강의 야경이 내려다보이는 카페에 혼자 앉아 맥주를 마시니 외로운 것도 같았다. 나는 옆자리에 혼자 앉아 있는 어떤 여자에게 맥주병을 흔들며 같이 한잔하지 않겠느냐고 물었다. 여자는 기분 나쁘다는 듯이 자리에서 일어나더니 계산을 하러 갔다.

맥주를 다 마신 나는 자리에서 일어나 엘리베이터를 타기 위해 카페 입구로 갔다. 카페 입구에서 카운터에 있는 여자에게 요즘도 시위가 벌어지고 있는지 물었다. 여자는 잘 모르겠다고 했다.

한강변에는 개를 끌고 나와 산책을 하는 주부들과 알록달록한 옷을 입고 자전거를 타는 젊은이들 그리고 맨손체조를 하는 노인들로 가득했다. 분노를 느끼고 있는 사람은 아무도 없었다. 오, 놀라운 평화여. 그녀는 대체 어디 있을까? 나는 한강변을 따라 걸으면서 그녀를 생각했다. 옛날 내가 살던 마을의 송전탑보단 크지 않았지만 그래도 꽤 높은 송전탑들이 드문드문 보였다. 나는 송전탑 아래에 서서 올라갈 수 있을지 철근을 붙잡아 보았다. 무척 미끄러웠다. 난간처럼 일정한 간격으로 손잡이가 설치되어 있었지만 몇 번 올라가지 않아 다리가 떨렸고 힘이 빠졌다. 나는 탑의 꼭대기를 쳐다보았다. 그러자 아버지의 말처럼 모든 지령이 그곳에서 나오는 것도 같았다. 냉장고와 에어컨이 있어 더위도 없고 분노도 없는 세상. 얼마나 행복한가. 들리는가? 들리는가? 나는 지금 불시착하겠다. 아버지가 송전탑에서 추락한 것처럼 나 또한 추락할 것만 같았다. 들리는가? 들리는가?

— 네, 잘 들려요.

잘 들린다고? 이건 또 뭐지? 환각에 빠져 있었는데 누군가가 나에게 대답을 했다. 망원경을 들고 있는 낯선 소녀였다. 나는 지상에서 몇 미터 떨어져 있지 않은 송전탑에, 엉거주춤한 자세로 서 있었다.

— 지금 그 위에서 뭐 하시는 거예요? 떨어져 죽을 거면 더 높이 올라가야 해요. 거기서 떨어지면 아프기만 해요.

나는 송전탑의 꼭대기를 쳐다보았다. 하늘은 깊은 잠에 빠져 있는 것처럼 어두웠다. 어디선가 날벌레 한 마리가 날아와 내 얼굴에 부딪히고는 이내 사라졌다. 강물은 검었고, 수면 위로 보드라운 촛불 같은 불빛들이 일렁였다. 강에서 가끔씩 불어오는 바람에는 비릿한 냄새가 섞여 있었다. 사람들이 내가 올라가 있는 송전탑 부근으로 하나둘 모이기 시작했다. 산책하던 사람, 자전거를 타던 사람, 맨손체조를 하던 사람. 나는 모여들기 시작한 사람들의 시선이 두려워졌고, 송전탑을 천천히 내려왔다. 알겠다, 얘야. 알겠어. 그러니 그만 쳐다보아라. 하늘은 깊은 잠에 빠진 것처럼 여전히 어두웠고, 어두웠다.

저녁의 아침

여자는 심한 강박증을 가지고 있었다. 담 위에 고양이가 올라가 있는 걸 본 날이면 여자는 하루 종일 외출하지 않았다. 반면 자동차나 트럭 아래에 고양이가 낮게 엎드려 있으면 그날 하루는 흡족해했다. 비둘기가 걸어 다니며 날갯짓을 하면 그날 역시 외출을 삼갔다. 생선을 좋아하면서도 생선의 눈알은 끔찍이 싫어했다. 언젠가는 내 앞에서 헛구역질을 심하게 한 적도 있었다. 나는 물수건으로 얼른 생선의 머리를 덮었다.

직업이 경찰관이시라고요.

처음 만난 날 여자는 커피를 마시며 물었다. 멀리 바다가 보이는 커피숍이었다. 창문은 비에 젖어 있었고 낮게 깔린 구름은 그림자처럼 바다에 달라붙어 있었다. 벽에는 밀짚모자를 쓰고 커다란 선글라스를 낀 여자 그림이 그려져 있었다. 배경은 해변이었다. 갈매기는 약간 뚱뚱하게 그려져 있어 마치 흰 비둘기 같았다. 경찰관이라는 내 말에 여자의 눈빛이 특별한 사건을 기대하는 사회부 신입 기자처럼 흔들렸다.

네…… 그냥 공무원이지요. 강력계나 그런 건 아니고 지구대에서 근무하고 있습니다.

멀리서 들려오는 파도 소리가 삐걱거리는 침대 소리 같았다.

아이가 있다고요?

네. 여섯 살입니다. 고향에서 아이의 할머니가 대신 키우고 있습니다.

미안해할 것 없어요. 괜찮아요. 아이 있는 게 무슨 죄인가요? 저도 처녀가 아닌걸요. 설마……

여자는 약간 뜸을 들인 다음 나를 또렷하게 보며 말을 이었다.

이 나이에 제가 처녀일 거라고 생각지는 않으시겠죠?

그렇게 말하며 여자는 미소를 지었다.

철들고 나서 다섯 남자와 사귀었어요. 물론 결혼을 전제로 사귄 적은 없고요. 박 순경님은 그동안 성욕을 어떻게 해소하셨어요?

여자의 거침없는 말을 어떤 식으로 표현할 수 있을까? 바닥이 다 들여다보일 정도로 투명하다고 해야 할까? 어머니의 소개로 처음 만났을 때부터 여자는 투명하게 말했다. 너무나 투명해서 여자가 내뱉는 말 외에는 다른 뜻을 전혀 찾을 수 없을 정도였다. 성욕이라니. 글쎄 그동안 어떤 식으로 해소했을까. 어두운 방 안에서 불법으로 다운받은 포르노 동영상을 보고 있는 나를 떠올렸다. 아내가 죽고 나서 넉 달이 지났을 무렵이었다. 나는 모니터를 바라보며 쓸데없는 배출을 하고 있었다. 고작 넉 달 만에.

글쎄요, 그냥.

여자의 말에 비하면 내 말은 언제나 불투명했다. 혼탁하고 불온하고 솔직하지 못하고 또 잘 알지 못하는, 그래서 너무나도 불투명한.

경계심이 별로 없는 분 같아요. 첫 만남에 그렇게 솔직하게 말씀하시는 분은 보지 못했습니다.

여자에게 말했다.

경계를 하는 건 새끼 사자지, 다 자란 수사자가 아니잖아요. 약할수록 경계심이 강하죠. 동물이나 사람이나 마찬가지예요, 생존하기 위해선 말이죠. 하지만 제 경우엔 부작용일지도 모른대요. 제겐 심한 강박증이 있는데 약물치료와 심리치료를 오래 받다 보면 저처럼 솔직하게 말하는 부작용이 생길 수도 있다고 하더군요. 아스퍼거 장애asperger disorder라는데. 박 순경님은 특별한 병이나 버릇이 없나요?

순경이 아니라 경장입니다.

네?

아닙니다. 뭐, 특별한 병이나 버릇은 없습니다.

어두운 방 안에서 포르노 보면서 자위만 하지 않으면 괜찮아요. 남자가 오죽 못났고 자신 없으면 그런 것에 만족할까요. 말 그대로 자위잖아요? 그렇게 생각하지 않으세요?

그러게요.

입안에 모래가 가득 든 것처럼 서걱거렸다. 나는 지나가는 종업원을 불러 커피가 쓰다며 얼음을 가져다 줄 수 있는지 물었다. 종업원이 가져다 준 얼음은 커피에 들어가자마자 해초처럼 일렁이더니 순식간에 제 몸의 일부를 커피와 섞었다.

그냥 버티는 거예요.

얼음을 젓고 있는 나를 보며 여자가 말했다.

네?

사는 건 버티는 거예요. 저는 강박과 아스퍼거 장애 가운데서 버티는 것이고. 너무 솔직하게 말해 때론 미친 여자 취급을 받기도 했어요.

그렇군요. 그래요.

커피 맛은 여전히 썼다.

박 순경님은 어떠세요?

저요? 저도 똑같지요. 홀어머니와 여섯 살 된 아이 때문에.

앞으로 자주 만났으면 좋겠어요. 다음 휴일엔 어때요?

다가오는 첫번째 비번인 날에는 사격 연습이 있고……

만나지 못하면 통화라도 자주 해요.

그렇게 하지요.

차창에 달라붙은 빗방울처럼 자주 통화를 하자는 여자의 말이 귀에서 잘 떨어지지 않았다. 벽에 그려진 해변의 여자는 여전히 무심한 표정을 짓고 있었다. 얼굴의 반을 가린 커다란 선글라스 때문에 정확히 알 순 없었지만 죽은 아내의 얼굴과 어딘가 닮아 보였다.

첫 만남 이후 여자는 내게 전화를 자주 했다. 나 또한 여자와 통화를 하는 게 나쁘지 않았다. 여자의 숨김없는 솔직한 말들을 듣고 있으면 어쩐 일인지 마음이 편안해졌다. 여자와 만난 이후 어머니도 전화를 부쩍 자주 걸었다. 대부분 사소한 일이었다. 어머니는 하는 일이 어떤지 물었고, 나는 그럭저럭 괜찮다고 말했다. 어머니와 통화를 하는 내내 짠 바다 냄새가 수화기를 타고 물씬 풍겨 왔다. 그럴 리가 없는데도 말이다. 어머니는 이것저것 물었지만 나는 별다른 대답을 하지 않았다.

무슨 일인데요, 어머니.

글쎄, 길이 생긴다는구나.

어디에나 길은 생겨요.

어머니는 느닷없이 길이 생긴다고 말했지만 무슨 길을 말하는지 알 수 없었다.

그때까지 잘 버텨야 할 텐데.

어머니의 목소리 뒤로 유치원에서 아이가 요즘 배우고 있다는 오카리나 소리가 슬며시 들려왔다.

아이는요?

내 물음에 어머니의 목소리가 조금 무거워졌다. 목소리에 마치 무거운 추가 달린 것만 같았다. 오카리나 소리가 잠시 끊겼다가 다시 이어졌다.

알겠어요, 어머니. 다음 휴일에 들를게요.

나는 통화를 마친 다음 아이에게 보내는 편지를 썼다. 조금 있으면 생일이구나. 엄마 얼굴 잊지 않았지? 엄마가 근사한 선물을 준비했어. 공룡 인형이야. 엄마 사진 매일 보는 것 잊지 말고. 나는 편지를 쓰다가 구겼다. 아이가 엄마를 잊어버릴까 봐 아내의 글씨를 흉내 내 몇 번 썼지만 모두 마음에 들지 않았다. 내 몸속 어딘가에는 고향집 앞의 겨울 바다가 항상 웅크리고 있었다. 혈관을 타고 떠다니는 혈구처럼 집 앞의 겨울 바다는 옆구리나 심장 안쪽, 눈에 잘 띄지 않는 곳에 숨어 있기도 했다. 그 흔한 백사장과 소나무 숲도 없는. 폐선에서 떨어져 나온 어구(漁具)들과 악몽처럼 얽혀 있는 어망과 비리고 시린 바람이 유령처럼 떠도는. 옷이든 피부든 한번 달라붙으면 떨어지지 않는 소금기들만 가득한.

고향 바닷가에는 망원경을 손에 쥐고 다니던 소녀가 있었다. 어디서 흘러왔는지 아는 사람은 아무도 없었다. 어떤 청년과 함께 왔다는데 소녀 혼자 바닷가의 빈집에서, 전기도 들어오지 않는 버려진 집에서 몇 달째 살고 있었다. 경찰공무원 시험 준비를 하면서 산책을 할 때마다 소녀와 만난 적이 있었다. 몇 번인가 눈인사를 했지만 소녀는 들풀이나 나무처럼 아무런 표정도 짓지 않았다. 그저 망원경으로 먼 곳 어딘가를 바라보기만 할 뿐.

바다에서 빳빳한 바람이 불어오던 어느 하루였다. 중형 태풍이 다가온다는 날이기도 했다. 소녀는 해안 위에 있는 작은 산에서 아궁이에 지필 나무들을 모으고 있었다.

벌목 허가를 받았니? 이 산은 주인이 있는 산이란다.

소녀는 나뭇가지를 줍다가 나를 물끄러미 바라보았다. 소녀의 얼굴과 몸 위로 나무 그림자들이 흔들거리며 지나갔다. 소금기 가득한 바다 냄새가 산 아래에서 힘들게 올라왔다.

난 경찰관 아저씨야.

소녀는 모아놓았던 나뭇가지를 발로 밀어 흩뜨렸다. 농담으로 말을 걸었지만 소녀는 겁을 먹은 표정이었다. 겁먹은 표정을 보니 어쩐 일인지 나 또한 외로움을 느꼈다. 알 수 없는 일이었다. 소녀는 파도에 흔들리는 부표처럼 가만히 떨고 있었다. 그 모습이 주인 잃은 강아지 같았다. 비를 피해 처마 밑으로 숨어 굶주림과 추위에 떨고 있는 강아지. 그러나 이 강아지는 말도 할 수 있고 내 말을 이해할 수도 있을 것이다. 강아지보다 더 나은. 소통할 수 있으며 전적으로 주인만 따르는.

일단 네가 제대로 사는지부터 확인해야겠다.

나는 소녀와 함께 나뭇가지들을 안고 소녀가 사는 빈집으로 향했다. 도시와 달리 사람 그림자 하나 보기 힘든 곳이었다. 인근에 있는 유명하지 않은 해수욕장도 40킬로미터나 떨어진 곳이었다. 해수욕장이 대규모로 개발된다는 말에 그나마 몇 안 되던 가구들도 떠나버린 사막 같은 곳이었다.

소녀의 거처에는 라면 봉지와 빈 통조림들이 나뒹굴고 있었다. 벽 한쪽에는 침낭과 통조림 그리고 부탄가스가 쌓여 있었다.

어디 캠핑이라도 왔니?

나는 방 안을 둘러보았다. 소녀는 죄를 지은 사람처럼 고개를 숙인 채 내 곁에 서 있었다.

경찰관인 나는 너를 돌봐주고 보호해줄 의무가 있단다.

나는 소녀의 머리를 쓰다듬었다.

내가 어떻게 너를 보호해줄지 천천히 생각해보자꾸나.

그곳은 생각보다 아늑했다. 해가 진 방 안은 숨기 좋은 동굴 같았다. 나는 신발을 벗고 들어가 벽에 몸을 기대고 앉았다. 소녀도 방으로 들어와 라면이 몇 가닥 붙어 있는 냄비와 코펠을 씻기 시작했다. 설거지하는 소리가 동굴 안을 맴돌았다. 바람이 거칠어졌다. 그러나 나는 안전하다고 생각했다. 낡고 허름한 빈 집이지만 소녀의 설거지하는 소리가 나를 안심시켰다.

태풍이 상륙했는지 집은 비틀거리며 낡은 침대 같은 소릴 냈다. 나는 휴대폰 위성방송으로 태풍 관련 뉴스를 보았다. 태풍의 직접 영향권에 든 남부 지방엔 거대한 바람에 우산과 간판들이 날아다니고 있었다. 설거지를 끝낸 소녀가 방 앞에 서 있었다. 나는 소녀에게 휴대폰을 건네주고 아궁이에 불을 지폈다.

태풍에 나뒹구는 건 쓰레기밖에 없지.

창문이 야단스럽게 흔들렸지만 소녀가 있는 동굴은 아늑하기만 했고 안전해 보였다.

무서워? 무서워하지 마. 공포는 만질 수도, 볼 수도 없는 거야. 실체가 없지. 내가 지켜줄게. 무서워할 것 없어, 내 강아지야.

나는 소녀의 곁에 앉았다. 소녀는 망원경을 만지작거렸고 나는 태풍 관련 뉴스를 보았다. 태풍은 밤새 이어졌다. 태풍이 몰고 온 먹구름들 때문에 저녁인지 아침인지 알 수 없었다.

우린 안전할 거야. 내가 지켜줄 테니.

소녀에게선 좋은 냄새가 났다. 고향을 맴돌고 있던 노쇠한 바다 냄새와는 달랐다.

고향. 그 흔한 백사장과 소나무 숲도 없는. 폐선에서 떨어져 나온 어구와 악몽처럼 얽힌 어망과 비린 바람이 유령처럼 떠도는. 옷이든 피부든 한번 달라붙으면 떨어지지 않는, 그런 소금기들만 가득한.

그에 반해 지금 근무하고 있는 이 거리는 끊임없이 그리고 손쉽게 재생되었다. 산책길은 4차선의 해안도로로, 해변 민박은 그랜드 오션 뷰 호텔로. 횡으로 종으로 하늘을 갈라놓던 전깃줄은 지하로. 인근 해수욕장으로부터 밀리고 밀려 온 재생의 바람은 지구대 부근까지 다가왔다. 지구대 벽에 서핑을 하는 젊은이들의 모습이 완성을 앞두고 있었다. 하지만 해안도로나 호텔이나 벽화나 어쩐지 연극 무대 위에 올려놓는 가짜 소품들 같았다. 도보 순찰 경로에 호텔도 포함되어 있었고 순찰함은 로비가 있는 1층에 있었다. 호텔 뒤편으로 돌아갈 수도 있었지만 그러기엔 어쩐지 두려웠다. 입간판처럼 호텔의 뒷면이 휑하게 비어 있을지 모른다는 말도 안 되는 상상이 머릿속을 떠나지 않았기 때문이었다.

말이 안 되는 상상이 늘어난 데엔 아내의 죽음이 관련 있을지 모른다. 아내는 2년 전에 죽었다. 교통사고였다. 수사 원칙 제1조. 모든 사건은 흔적을 남긴다. 형사계에서 근무한 적이 있는 경사가 늘 내뱉던 말이었다. 흔적은 너무나 많았다. 벗어날 수 없는 철로처럼 뚜렷하게 이어진 스키드 마크. 75센티미터 안으로 들어간 앞 범퍼. 구겨지는 종이처럼 75센티미터가 밀릴 정도면 90톤 이상의 충격이 가해졌을 거라고 했다. 회전 반경. 굴절률. 그런 것들을 종합했을 때 나오는 순간 급브레이크 작용. 과학적으로 분석되어 나오는 수많은 흔적들. 모두 과학적으로.

나는 사건 분석 자료를 읽고, 읽고 또 읽었다. 그러나 여전히 알 수 없었다. 아내는 01시 40분경에 왜 택시를 타고 있었는가. 그 야밤에 어린아이까지 두고. 사건 현장은 고향집에서부터 내가 근무하고 있는 해안가까지 이어지는 고속도로. 나를 만나러 오는 길일 수도 있었다. 그러나 그 고속도로는 도청 소재지를 지나 인접한 다른 고속도로를 만나면 전국 어디로도 이어진다. 마치 혈관처럼. 발가락 끝에서부터 대동맥을 지나 머리끝까지도 갈 수 있는 것이다. 혈구처럼.

나를 만나러 오는 길이었을까? 목적지는 어디였을까? 그날은 특별한 날이었나? 알 수 없다. 물어볼 수도 없다. 택시 기사는 아내와 몇 분 차이로 죽었다. 간격이 10분을 넘지 않았을 거라고 했다. 의학적으로.

분명한 사실은 목격자도 없이 모두 죽었다는 것뿐이다. 그러니 물어볼 수도 없다. 아내에게 남자가 있었을까? 그래서 그 시간에 다른 남자를 만나러 가는 길이었을까? 만약에 그렇다면 그녀를 용서한다고, 그녀가 보고 싶다고, 제발 돌아와달라고 말하고 싶다. 내가 아내에 대해 아는 것은 무엇이었을까? 생각해보면…… 아무것도 없다.

모든 사건은 흔적이 있다. 그러나 흔적은 있지만 진실을 찾을 순 없다. 진실은 조서에 있지 않다. 보고서, 사건 기록, 과학수사대의 분석 자료. 이 모든 것은 그저 무의미한 종이와 기록일 뿐이다. 그 안에 비록 증거가 있다 하더라도 그것은 진실이 될 수 없다. 그것은 그냥 종이일 뿐이다. 그런데도 2년째 같은 종이를 바라보고 있다. 뭉쳤다 사라지는 구름을 바라보는 것처럼. 흔적을 찾는 강아지처럼.

아내의 장례를 치른 다음 날 유품을 정리하면서 수첩과 일기장과 노트북을 뒤적여보았다. 4월 3일, 하루 종일 비(봄비, 봄비!). 6월 28일, 10:30 커피—점심. 7월 1일, 서울 예약 취소. 7월 25일, 공과금 납부. 9월 8일, 예방접종일. 11월 1일, K 전화. 11월 20일, P와 T에서. 자세한 내용은 없었고 숫자와 기호만 나뒹굴고 있었다.

K와 P는 누굴까? T는 어디며, 취소한 예약은 무엇일까. 나는 몇 번이고 다시 읽었다. 때론 종이에 기록한 다음 이리저리 맞춰보기도 했다. 하지만 제대로 알 수 없었다. 아무리 엮어보아도 어울리지 않는 조합이었다. 중요한 의미를 찾을 수도 없었다. 수준 낮은 암호와 기호들. 그것은 마치 내가 모으고 있던 유치장의 잠꼬대와 같은 것들이었다.

구치소에서 야간 근무할 때부터 나는 의미 없는 잠꼬대들을 기록하고 모으기 시작했다. 단순 폭력범부터 사기, 행려병자부터 취객까지. 유치장의 불이 꺼진 다음 하나둘씩 잠들기 시작하고 새벽 서너 시가 되면 어둠 속에서 희미하게 들려오는 의미 없는 잠꼬대들. 주어나 목적어가 상실되기도 하고 문법도 전혀 맞지 않는. 때로는 단순한 괴성에 지나지 않는 잠꼬대들. 처음엔 가시처럼 달려드는 괴성에 깜짝 놀라며 귀를 세웠고 그다음엔 시간을 때우기 위해 그 소리들을 기록했었다.

5월 24일, 03시 28분, 2호실, 가—02371번. 절도: 야, 내가 말했잖아, 지구는 운행을 잘 하고……(갑자기 크게 웃음)

6월 12일, 04시 13분, 1호실, 라—70321번. 단순폭력: (알 수 없는 감탄사) 언젠가 말했는데, 운명처럼, 석필이가……(욕설 이어짐)

12월 9일, 02시 48분, 1호실, 가—10301번. 행려: 페테스토로이카, 브로이카, (조금 있다가 큰 소리로) 라이카, 레벤카.

아내가 남긴 흔적은 내게 있어 그것들과 똑같았다.

나는 아내의 사건 기록과 수첩에 남긴 아내의 흔적을 보면서 너무나 투명하게 말하는 여자를 잠시 떠올렸다. 솔직하고 투명하게 말하기. 그것은 여자의 무의식에 있던 솔직한 생각일까 아니면 의식적인 발언들일까.

아내의 수첩에선 아내가 즐겨 사용하던 향수의 냄새가 아직까지 풍기고 있었고, 지구대 밖에선 시간에 맞춰 움직이는 초침처럼 건조한 파도 소리가 들려왔다.

이봐요, 박 순경님. 왜 경찰이 되고 싶었던 거지요?

언젠가 여자가 내게 물은 적이 있었다. 글쎄. 나는 왜 경찰관이 되고 싶었던 걸까.

이십대가 되면서부터 새벽에 산책하는 걸 좋아했어요. 새벽에 산책을 하다 보면 어디론가 향하는 차들을 종종 보게 돼요. 트럭이나 자가용 따위를요. 전조등이 반딧불처럼 흔들거리며 길을 따라 사라지지요. 나는 궁금했어요. 도대체 이 야심한 시간에 어디로 가고 있는 걸까? 트럭의 짐칸에는 무엇이 있을까. 출퇴근 시간도, 업무를 보는 시간도 아닌데. 운전자는 뭐 하는 사람일까. 함께 타고 있는 사람은 누구일까. 여행을 가는 것일까? 누군가의 부고를 듣고 가는 길일까? 아니면 막 태어난 아기를 보러 가는 것일까? 라디오를 듣고 있을까? 그런 것들이…… 늘 궁금했어요. 왜냐하면 당시 나에겐 아무런 방향도 없었거든요. 어디론가 움직이고 있는 것들이 늘 부러웠어요. 나도 물론 움직인다고 말할 수 있죠. 그러나 나는 지구와 같아요.

늘 움직이긴 하지만 결코 궤도에서 벗어나진 않죠. 움직인다는 착각만 잔뜩 가진 채. 자유로운 방향도 없이.

그래서 당신은 경찰관이 되고 나서 궁금증을 풀었나요?

아니요. 아무 이유 없이 차를 정차시키고 탐문을 하는 건 불법이거든요.

불심검문을 할 수도 있잖아요.

그래요. 그러나 전 할 수 없었어요.

용기가 없었나 보죠?

여자의 목소리가 그물을 빠져나가는 송사리처럼 금세 사라졌다. 나는 한동안 말을 잇지 못했다.

용기. 여자의 말이 맞는지도 모른다. 언젠가 비번인 날 한밤중에 나는 해변에 둘러앉아 키득거리고 있는 몇 명의 청년들을 본 적이 있었다.

이봐요. 형씨.

그들 중 한 명이 나를 불러 세웠다.

형씨. 담뱃불 좀 빌려주시오.

내가 켜준 라이터 불빛 때문에 청년의 인중이 환하게 밝아졌다. 떠오르는 태양을 막 받은 바다처럼. 청년의 뒤에서 결핵을 앓는 고양이처럼 웃는 소녀가 있었다. 청년들의 말에 소녀는 무엇이 우스운지 달리기를 마친 사람처럼 계속 웃고 있었다. 하얀색 티셔츠를 입고 있었는데 브래지어를 하지 않아 웃을 때마다 젖꼭지가 드러났다. 소녀는 예전에 고향에서 만났던 망원경을 쥐고 있던 소녀와 많이 비슷했다. 그때보다 1, 2년 정도 성숙해진.

고맙소.

청년은 담뱃불을 붙인 다음 내 어깨를 툭 쳤다. 내가 몇 걸음 지나 뒤를 돌아보자 그들 중 한 명이 반바지에서 라이터를 꺼내 담배에 불을 붙였다. 소녀는 무엇이 우스운지 나를 보며 여전히 결핵을 앓는 고양이처럼 웃고 있었다. 담뱃불을 빌린 청년이 나에게 건배하듯이 맥주 캔을 들며 웃었다. 건조한 가로등 아래에서 그들은 환하게 웃고 있었다.

자취방으로 돌아간 나는 제복을 꺼내 입었다. 세탁소에서 막 찾아온 옷이었다. 출근하는 것처럼 수갑과 경찰봉과 무전기까지 챙겼다. 경찰모를 단정하게 쓰고는 다시 청년들이 있던 곳으로 갔다. 그러나 내가 갔을 땐 버려진 꽁초와 우그러진 맥주 캔만 여러 개 나뒹굴고 있을 뿐 그들은 없었다. 소녀의 웃음소리도. 그들은 아무 짓도 하지 않았다. 정말이지.

여보세요?

여자의 목소리가 다시 들려왔다.

네, 듣고 있어요. 말씀하세요.

그래서 그런 일들이 궁금해서 경찰관이 되었나요?

모르겠어요. 새벽 산책을 마치고 나면 무색무취의 아침이 찾아오는 거예요. 아무런 느낌도 없이 말입니다. 아침을 보면서 전 집으로 갔지요. 창문도 지붕도 고요한 집을 말입니다. 어둠이 한 발자국 물러서고 나면 나는 그제야 잠들곤 했어요. 다른 사람들에겐 아침이었지만 저에겐 저녁인 셈이었죠.

거긴 비가 오나 봐요?

여자의 말을 듣고 창밖을 보았다. 그러나 비는 내리고 있지 않았다.

비는 오지 않습니다. 아마 파도 소리를 들으셨나 봅니다. 빗소리와 파도 소리는 비슷하게 들리죠. 특히 아무것도 볼 수 없는 어둠 속에서는 말입니다.

저는 음악 듣는 걸 좋아해요. 박 순경님은 어떤 취미를 가지고 계세요?

취미라. 아무런 의미도 없는 잠꼬대들을 기록하고 모으는 것도 취미라고 할 수 있을까.

기록들…… 사건 기록들을 모으기도 하고 때로는 의미 없는 진술들을 모으기도 합니다.

그래요? 흥미로운데요. 가장 기억에 남는 기록이 뭐죠?

여자의 말을 듣는 순간 내 머릿속에 가장 먼저 떠오른 것은 아내의 사건 기록이었다. 하지만 여자에게는 말하고 싶지 않았다. 대신 여자를 만나기 직전에 있었던 자살 사건에 대한 이야기를 해주었다. 시체가 발견된 곳은 도축장 부근이었다. 넥타이로 목을 맨 사람은 내비게이션을 생산하는 중소기업체의 사장이었다. 목격자들의 진술에 따르면 그는 자살하기 전에 일주일 정도를 바닷가에 있는 민박집에 묵었다고 했다. 이른 아침에 일어나 바다를 보거나, 가끔 낚시를 했다고 했다. 그러던 어느 날 도축장이 있는 곳까지 산 하나를 넘어가 끌려가는 소들을 한동안 바라보았다. 그날 자정을 넘기고 02시경 그는 두어 번의 시도 끝에 자살에 성공했다. 첫번째 시도는 가죽으로 된 허리띠로 추정되는데, 버클이 부러졌고 또 목에 제대로 밀착되지 않아 실패한 것으로 보였다. 과학적인 분석으로.

반면 넥타이는 목에 단단하게 감긴 채 풀리지 않아 성공한 것으로 추정되었다. 넥타이로도 여러 번 실패했을 가능성은 있었다. 정확하게 몇 번 만에 자살에 성공했는지는 알 수 없다. 사건을 처음부터 목격한 것은 다음 날로 도축이 연기되어 대기 중이던 소들밖에 없었다.

나는 사체확인과 운반을 도왔다. 시체를 처음 보았을 때 나는 똑바로 쳐다볼 수 없었다. 구토가 치밀었고 약간의 현기증이 일었다. 특히 목을 매 죽은 시체를 보는 것은 더욱 끔찍했다. 목에 가해진 압력 때문에 두 눈알은 터지기 직전의 풍선처럼 튀어나오고 바닥엔 정액과 대변이 뒤범벅되어 있다. 압력이 있으면 분출되기 마련이다. 무언가 들어가는 것이 있으면 반드시 무엇인가는 빠져나온다. 한번 빠져나온 것은 성분이나 분자, 용도와 관계없이 똑같은 것이 된다. 정액이나 눈알이나 대변이나 결국 똑같다. 죽음은 모든 걸 똑같게 만든다. 저녁에 죽든, 아침에 죽든.

시체를 볼 때마다 나는 스스로에게 일렀다. 이런 일은 아무것도 아니야. 마트에서 껍질 다 벗겨진 닭도 사잖아. 생활 중의 하나일 뿐이지. 다른 사람들이 하는 일과 다를 바 없어. 음식물 쓰레기를 비우고, 분뇨를 치우고, 유해첨가물로 음식물을 가공하고, 폐기름으로 새우를 튀기고, 비싼 모델료를 지급해 광고를 만들고, 폭탄으로 적군을 죽이고. 시체는 그저 사물 중 하나고 생활 방식 중 하나일 뿐이다. 누구는 도축하고 누구는 운반하고 누구는 그걸 먹을 뿐이지. 정말이지 다른 세상일들과 다를 바 없어. 모든 일은 똑같아. 다만 위치가 다를 뿐이지, 라고.

그러나 아내의 시신만큼은 볼 수 없었다. 적지 않은 수의 시체를 보았고 또 옮겼지만, 아내의 시신만큼은 볼 용기가 나지 않았다. 그래서인지 아내가 죽었다는 사실이 진짜처럼 느껴지지 않았다. 지금까지도 분명 어디선가 살고 있어, 누군가와 함께 무언가를 먹고 마시며 살고 있을 거라는 생각을 늘 품고 있었다.

사체확인을 위해 서울에서 자살한 남자의 아내가 왔었다. 그녀는 매우 침착했다. 길을 찾기 어렵지 않았냐는 본서 조사관의 인사말에 그녀는 휴대폰에 있는 내비게이션 기능 때문에 쉽게 찾아왔다고 말했다. 그녀는 조사관의 여러 가지 물음에 이런 일이 벌어질 줄 예상이라도 했다는 듯이 차분하게 대답했다.

지갑 안에서 유서가 발견되었습니다. 보시죠.

본서 조사관이 증거물 수집용 비닐 안에 있는 유서를 건넸지만 그녀는 보려 하지 않았다.

그냥 읽어주세요. 커피 한 잔 주시겠어요? 원두커피로요.

조사관은 내게 읽으라며 눈짓을 주었다. 원두커피가 어디 있으려나. 조사관은 중얼거리며 발걸음이 무겁다는 듯이 힘들게 일어나 문을 열고 나갔다. 유서의 글씨는 또박또박 힘주어 씌어 있었고 나는 그 글씨체만큼 또박또박 읽었다.

도축장에 오면 어두울 줄 알았는데 그렇지 않다. 오히려 죽음이 가장 활기찬 곳이다. 여기저기서 죽음을 힘차게, 그리고 분주히 준비한다. 내가 남길 것이라곤 지금 끼고 있는 금반지 하나밖에 없구나. 금반지를 녹여 승규, 승희 너희들이 하나씩 나누어 가졌으면 한다.

생각해보니, 태어나지만 영원히 죽지 않고 사라지지도 않는 것은 죽음과 금뿐이구나. 죽은 그것들은 이제 콧구멍도 없고 숨을 쉬는 허파도 없으며 되새김질할 수 있는 위장도 없다. 지금에 와선 그것이 부럽다. 죽음의 가장 큰 미덕은 더 이상 잃을 게 없다는 것이다. 그 점에선 내 삶이나 죽음이나 똑같구나.

승규야, 미대에 가도 좋다. 네가 나를 닮았을 줄. 그동안 미안했다. 승희야, 엄마에게 말해 좋은 자전거 꼭 사라.

어둠에 넘어지는 것은 사람이지 어둠이 아니다. 못난 아비가 이제야 깨달았다. 나도 다음에 태어나면 꼭 그림을 그리고 싶다. 그래도 될 세상이 온다면 말이다. 그런 세상이 과연 올까? 모두 미안하다.

내가 다 읽었을 무렵 조사관이 머그잔에 원두커피를 담아 왔다. 그녀는 커피를 한 모금 마셨다.

뒤늦게 내비게이션 사업에 뛰어든 게 잘못이었지요. 이 작은 휴대폰에 TV, 인터넷, 카메라, 내비게이션 기능까지 다 들어가 있는 세상이 왔는데 말이지요. 그이는 처음 만났을 때부터 그냥 그런 공대생이었어요. 세상 물정을 모르는. 그런 주제에 늘 빌 게이츠를 꿈꾸었죠.

그녀는 그렇게 말하고는 핸드백을 꼭 움켜잡았다.

나는 유서에 있던 '어둠에 넘어지는 것은 사람이지 어둠이 아니다'라는 말을 기록했어요. 그 뜻은 정확하게 모르지만요. 정말 쓸데없는 기록이죠. 스스로 생각해도 나는 이상한 사람 같아요. 그런 기록들을 마치 문신 새기듯이 어딘가에 기록하고 싶어요. 무슨 예술 작품을 만드는 것도 아닌데 말입니다. 때로는 이런 내가 정상인지 아닌지 모르겠어요.

괜찮아요, 박 순경님. 이 세상 사람들 누구나 정상이 아니죠. 새벽 네 시면 어김없이 깨는 사람, 모형 기차를 모으는 사람. 골동품을 좋아하는 사람. 사람보다 개나 고양이를 키우는 게 낫다는 사람. 하루 종일 텔레비전만 보는 사람. 이상한 병을 앓는 저 같은 사람도 있는걸요. 박 순경님, 그거 아세요? 아우슈비츠에 수감되었던 유대인들이 분노하지 않은 것은 너무나 비이성적이고 어처구니없는 일들을 당했기 때문이래요. 그러니까 너무 어이가 없으면 분노보단 체념이 앞선다는 거예요. 그래서 사람들은 늘 작은 일에만 분노를 느끼는 거래요. 적은 돈을 잃으면 분노를 느끼지만 큰돈을 잃으면 아무런 기운도 내지 못하고 망가지죠. 잘 모르겠지만 자살한 그 사람도 아마 분노보단 체념을 느꼈을 거예요.

여자의 말을 들으니 K가 떠올랐다. K는 관할구역에 사는 성범죄자였다. 여고생, 여중생과 성관계를 맺은 것이 네 번이었다. 피해자의 진술에 따르면 특이한 것은 관계를 맺을 때마다 손에 장난감 망원경을 쥐게 했다는 것이다. 법의학에선 그 사실에 주목했다. 일관되게 변태적 도구를 이용한다는 점에서 앞으로도 재발의 가능성이 있다는 것이었다. 강제적인 폭행을 한 적은 없지만 미성년자들과 지속적인 원조교제를 가진다는 점에서 그에게 재범의 우려가 있다며 법원은 일명 화학적 거세라고 부르는 약물 주사와 치료를 명령했다. K가 호르몬 조절 주사를 맞으러 갈 때마다 경사와 나는 호송을 맡았다.

집을 찾기 쉬울 거라는 경사의 말이 맞았다. K의 집 벽에는 붉은 페인트로 '변태 새끼가 사는 집 FUCK!'이라고 크게 적혀 있었고, 그 밑으로 마치 아라베스크 문양 같은 욕설과 기호와 그림들이 마구잡이로 엉켜 있었다. K의 가족들은 K를 버렸고 K는 혼자 살고 있었다. K의 아내는 새벽에 사고로 죽었다고 했다. 경사의 말로는 아이는 아이의 할머니가 대신 키우고 있다는 것이었다. 한심한 남자로군, 나는 생각했다.

집에 도착해 어지러운 낙서들 사이로 초인종을 찾아 눌렀다. 얼마 지나지 않아 버려진 폐선처럼 망가진 얼굴을 한 K가 나왔다. 내 예상과는 달리 K는 호송에 순순히 응했다. 문을 열고 나온 K는 경사에게 다짜고짜 '큰 고양이'라고 말했다.

뭐?

큰 고양이.

K가 다시 경사를 손가락으로 가리키며 말했다.

작은 고양이.

이어 나를 가리키며 말했다. 그러면서 무엇이 우스운지 슬며시 미소를 지었다.

웬만하면 벽에 낙서나 지우지.

경사가 '미친놈'이라고 읊조리며 K에게 말했다.

깨끗하게 새로 칠하고 나면 다음 날 또 낙서가 되어 있지요. 마치 잊을 만하면 떠오르는 태양처럼 말입니다.

K가 벽을 보며 말했다. K는 벽을 보며 담배를 한 대 피웠다. 경사도 담배를 꺼내 나에게 한 대 권했다. 끊었던 담배를 오랜만에 피우자 약간의 어지러움이 일었다. 낙서로 소용돌이치는 벽을 보고 있으니 그 안으로 빨려 들어갈 것만 같았다. 마치 최면처럼.

너, 약물치료가 뭔지 알아?

경사가 물었다.

네, 잘 알고 있습니다. 예전에 내가 가족들과 살 때 말입니다. 수캉아지 한 마리를 키웠습니다. 분양까지 받은 혈통 있는 개라고 비싼 돈 들여 샀는데, 이 강아지가 아이의 허벅지며 발목에 대고 자기의 성기를 비비지 않겠습니까. 그래서 중성화 수술인가 거세가 하는 걸 해주었습니다. 뭐 그런 것 아니겠습니까. 소나 돼지들에겐 새끼 잘 까라고 촉진제 맞히고, 어떤 개는 고자 만들고…… 뭐 그런.

우리는 모두 조용히 담배를 벽에 비벼 껐다. 내가 종합병원까지 운전을 했고 경사가 K와 함께 뒷좌석에 앉았다. 나는 거울을 통해 K를 보았다. K는 가는 동안 창밖만 바라보았다. 그러다가 K도 가끔씩 거울을 통해 나를 힐끔 보았다. 서로 눈이 마주치면 나는 전방을 그리고 K는 다시 창밖을 보았다.

사람은 여러 번 새롭게 태어나는 거야. 자네도 이 기회에 병을 고친다고 생각하고 치료 잘 해야지. 안 그래?

경사가 반대편 창문을 보며 말했다.

네. 내가 비정상이라는 건 인정하겠어요. 그러나 늘 궁금하더군요, 정상이 뭔지. 비정상이 아닌 게 모두 정상이라는 말인 것인지. 삼각형이 아니면 모두 사각형인 것인지. 이익을 남기는 것이 정상이고 이익을 남기지 않는 게 비정상인 것인지. 저녁이 아니면 모두 아침인지. 조혼은 비정상이고 황혼 이혼은 정상인지. 강아지를 중성화시키고 소를 임신시키고 광신도들처럼 몰려와 내 집을 파괴하고 나를 거세시키는 건 정상인지.

K는 중얼거리듯이 그렇게 말했다. 나는 여자에게 K가 했던 말을 들려주었다.

글쎄요. 어려운 말인 것 같아요. 박 순경님은 어떻게 생각하세요?

여자는 오히려 나에게 되물었다.

전…… 잘 모르겠습니다. 전 그냥 집행할 뿐이죠. 명령에 따라…… 피해자는 용서할 수 있어도 사회는 용서를 하지 않죠. 그게 법이죠.

오늘 아침에 신문을 보니까, 남자 중학생들이 또래의 여중생을 임신시킨 기사가 크게 났더군요. 그것도 여러 번이나 말이에요. 그럼 그 남학생들도 약물로 화학적 거세를 시키나요?

글쎄요. 미성년자니까 그렇게까지 하진 않을 겁니다.

그럼 화학적 거세는 죄의 경중이 아니라 나이가 기준인가요? 나이 많은 사람이 어린 여성과 성관계를 맺으면 화학적 거세를 시키고 어린 학생들끼리 성관계를 맺으면 훈방 조치를 받거나 합의를 보는 건가요?

전…… 잘 모르겠습니다. 조항을 찾아보긴 할 테지만.

그때 경장과 김 순경이 누군가를 호송해 오는 바람에 통화를 끝낼 수밖에 없었다. 히피처럼 생긴 장발의 젊은이였다.

뭐야?

경사가 물었다.

승마장에서 말을 타고 도로까지 나갔대요. 승마장 주인이 신고하는 바람에.

이놈아, 네가 칭기즈칸이야 뭐야. 왜 말을 타고 도로까지 나가 뛰어다녀?

경사가 몸을 의자 뒤로 젖히며 말했다.

훔치려고 했던 거 아니에요. 도저히 멈출 수가 없었어요. 아무리 서라고 해도, 말이 마구 뛰어가는 거예요. 정말이에요. 제가 아니라 말이 미쳤다니까요.

멀쩡한 말이 왜 미쳐?

경장이 서류철로 장발 청년의 머리를 가볍게 쥐어박으려 했다. 청년은 피하려고 머리를 움직였고 그 바람에 청년의 긴 머리카락이 휘날렸다. 언제나 그렇다. 늘 사람이 문제다.

K는 주사를 맞고 치료를 받을 때마다 수척해졌고 말이 없어졌다. 더 이상 경사에게 큰 고양이라고 부르지 않았고 나에게도 작은 고양이라고 부르지 않았다. 나뭇가지처럼 마른 팔다리를 움직이며 옮겨 심어지는 나무처럼 묵묵히 경찰차에 오를 뿐이었다. 언제나 그랬다. 문제는 늘 사람이었다. 정말 그런 것인가?

아빠.

응?

돈 많이 벌어왔어?

돈? 무슨 돈?

아빠가 밖에서 돈 벌기 때문에 집에 들어오지 않는 거래. 많이 안 들어왔으니 그만큼 돈 많이 벌었겠네.

으응.

아빠?

응?

그거 알아? 전기가 없다면 우리 생활은 많이 불편할 거래.

그렇구나.

우리는 언제나 전기의 고마움을 알아야 한대.

그래, 그렇구나.

아빠, 우리나라도 인공위성을 수백 개나 가지고 있대. 또 슈퍼컴퓨터가 있어서 일주일 후의 날씨까지 알 수 있대. 그리고 세계 1위의 기술도 많이 있대.

그래? 넌 모르는 게 없구나.

그런데, 아빠.

응?

아빠는 도대체 언제 집에 와?

글쎄, 글쎄다…… 세상이 좋아지면.

그럼, 슈퍼컴퓨터보다 더 좋은 게 나오면 집으로 오는 거야?

비상 호출 소리를 들으며 깼다. 꿈인지 환상인지 모르게 아이와 대화를 나누고 있었다. 38구경용 실탄이 지급되었다. 내가 맡은 임무는 대치 현장으로부터 50미터 지점의 외곽 경비와 교통 통제였다. 햇살은 가시처럼 따가웠고 무거운 공기만큼이나 많은 구경꾼들이 모여들었다. 휴가철이어서 더욱 그랬을 것이다. 나는 그 가운데 나무토막처럼 서 있었다. 두 시간을 서 있으니 열에 달궈진 철로처럼 몸이 뜨거워졌다.

잘 버티고 있나 싶었는데.

손수건으로 땀을 닦으며 경사가 내 곁으로 왔다.

K 말이야.

나는 K가 인질을 붙잡고 있는 1층 커피숍을 쳐다보았다. 본서 형사들과 기동대에 가려 출입구의 계단만 비스듬하게 보였다. 오전 10시경에 신고가 들어왔고 20분에 현장에 도착했다. 인질극을 벌이고 있는 범인은 K였다.

점심 안 먹었지? 다녀와.

다녀와. 다녀오라는 소리가 동굴 안에서 메아리치는 것처럼 내 머릿속을 걸어 다녔다. 경사와 교대를 하고 걸어 나가는 길에 구경꾼들 속에 있는 청년과 소녀를 보았다. 청년은 손에 캔맥주를 들고 있었고 소녀는 여전히 브래지어를 하지 않은 채 하얀색 티셔츠를 입고 있었다. 소녀와 팔꿈치가 맞닿았지만 소녀는 대치 현장만 응시했다. 소녀의 솜털과 달착지근한 땀이 느껴졌다. 나는 잠시 머뭇거리다가 다시 걸었다. 걷는 동안에도 땀이 흘러내렸다. 인도를 걷는 것이 아니라 잘 달궈진 모래사장을 맨발로 걷는 것 같았다. 다녀오라는 말은 여전히 머릿속을 헤매고 있었다. 이유를 알 수 없었다.

그다음은 잘 기억……나지 않아요.

나는 여자에게 말했다. 여자는 정박한 배처럼 잠시 침묵을 지켰다. 정말이지 잘 기억나지 않았다. 알 수 없는 일이었다. 근처에 있는 식당으로 들어가기 직전이었을까, 아니면 식사를 마치고 식당에서 막 나올 무렵이었을까. 식당 문 옆에는 작은 골목이 있었고 작은 골목 안에 있는 집들은 철거를 앞두고 반쯤 허물어져 있었다. 부서진 담 위로 작은 그림자 하나가 뛰어내렸다. 그것은 검은 점처럼 보였다. 검은 점은 골목을 빠져나와 내가 서 있는 쪽을 향해 돌진했다. 검은 점을 따라 뒤이어 본서 형사들과 경사가 담을 뛰어내리는 것이 보였다. 경사가 내게 뭐라고 소리를 질렀지만 잘 알아들을 수 없었다. 순식간에 벌어진 일이어서 나는 무슨 일이 벌어지고 있는지 알아차릴 수 없었다. 뛰어오는 검은 점을 보면서 경사를 불렀지만 경사는 제대로 착지를 하지 못하고 담 아래로 넘어졌다. 우습게 보였지만 웃진 않았다. 이윽고 나는 달려오던 검은 점과 크게 부딪혔다. 쓰러진 내 위로 검은 점이 올라탔다. 부딪힌 충격으로 순간적으로 눈을 감았다 떴을 때 검은 점이 똑바로 보였다. 검은 점은 K였다.

나를 올라탄 K는 내가 차고 있던 38구경을 쥐었다. 그러나 총의 손잡이와 허리띠가 사슬로 묶여 있었기에 온전하게 빼내진 못했다. 나는 총을 뺏기지 않으려 K의 손목을 잡고 버둥댔다. K는 총구를 내 관자놀이에 대었다.

천천히 일어나서 허리띠 풀어.

나는 멍하니 K의 얼굴만 바라보았다. K의 이마에 땀방울이 여럿 맺혀 있었다. K가 먼 바닥에 총을 한 방 쏘았다. 귀가 떨어져 나가는 것처럼 아팠다. 총알이 모든 소리를 휘감으며 함께 사라지기라도 한 것처럼 그 뒤로 아무 소리도 들리지 않았다. 멈춰 서 있는 경사와 형사가 잠깐 보였고 얼굴을 감싼 채 비명을 지르는 사람들의 얼굴이 보였다. 그러나 아무런 소리도 들리지 않았다. K가 나에게 뭐라고 말했지만 들을 수 없었다. 나는 K가 이끄는 대로 천천히 몸을 일으켰다. K는 그림자처럼 나에게 달라붙었다. K는 골목 안에 있는 경찰들을 피해 거리로 나가려 했지만 여의치 않았다. 거리엔 수없이 많은 사람들이 있었다. K가 내 이마에 총구를 겨누고 있어 나 역시 K가 보는 대로 고개를 돌릴 수밖에 없었다. K의 헐떡이는 숨소리가 내 목덜미를 간질였다. K는 나를 데리고 천천히 뒷걸음질 쳐서 식당 옆에 있는 커피숍으로 들어갔다.

자동문이 열리자 에어컨의 서늘한 냉기가 순식간에 온몸을 휘감았다. 총구가 얼음처럼 느껴질 정도였다. K는 기어이 내 허리띠를 풀었다. K가 밀쳤고 나는 의자에 고꾸라졌다. K는 내 주위로 종업원과 손님을 모았다. 사람은 많지 않았다. 종업원이 두 명이었고 손님은 한 명밖에 없었다. 손님은 밀짚모자를 쓰고 커다란 선글라스를 낀 여자였다. 주변을 둘러보자 벽에 걸린 디지털시계가 보였다. 10시 20분이었다. 나는 순간 이상하다고 생각했다. 분명 10시경에 신고를 받고 출동을 했는데 조금도 시간이 흐르지 않은 것이었다. 아마도 시계가 고장 난 것이라고 생각했다. 차츰 소리들이 들리기 시작했다. 커피숍 로고가 새겨진 하얀색 티셔츠를 입은 소녀가 훌쩍이는 소리가 들려왔다. 훌쩍이는 소리는 결핵을 앓는 고양이처럼 가련했다. 소녀의 어깨에 손을 올린 채 겁먹은 표정으로 K를 가만히 보고 있는 청년의 거친 숨소리까지 들렸다.

무섭나?

K가 내게 물었다.

공포는 실체가 없어. 마치 진공처럼 말이야. 볼 수도 만질 수도 없지. 그런데도 다들 무서워하지. 우스운 건 희망도 실체가 없다는 거야. 둘 다 실체가 없긴 마찬가진데 공포는 두려워하면서 헛된 희망만 따라다니지. 강아지들처럼 졸졸.

K는 총구로 땀이 맺힌 자신의 이마를 긁었다.

아, 원두커피를 한 잔 마시고 싶군.

K가 청년에게 말하자 청년은 힘들게 일어나 커피를 내리러 갔다.

에스프레소, 더블로 아주 진하게.

K가 청년에게 크지 않은 소리로 말했다. 얼굴엔 흥분이나 분노보단 체념이 가득했다. 소녀는 결핵을 앓는 고양이처럼 흐느꼈다. 나는 소녀를 진정시키려 가만히 팔을 쓰다듬어주었다. 소녀에게선 좋은 냄새가 났다. 소녀가 흐느낄 때마다 소녀의 셔츠 안에선 가슴이 조용히 흔들리고 있었다. 낯익은 얼굴이었지만 어디서 만났는지 기억나지 않았다.

가게 안엔 가벼운 연주곡이 흐르고 있었다. 피아노 독주로 된 연주곡이었는데 피아노 소리란 걸 느꼈을 무렵 음악은 다음 트랙으로 넘어갔다. 다음 곡 역시 오르골로 연주되는 가벼운 음악이었다.

박 경장.

K가 나를 불렀다.

어느새 경장이 되었군. 박 순경, 기억하나? 한때 우리가 함께 경호했던 정치인 말이야. 얼마 전에 비리로 구속된.

K가 나에게 말했지만 무슨 말을 하는지 알 수 없었다. 커피 내리는 냄새가 풍겼다. 사이렌이 울렸고 커피숍 앞에는 본서 형사들과 기동대가 배치되기 시작했다. K는 허둥대고 있는 바깥의 사람들을 바라보며 중얼거렸다.

어디선가 태풍이 불어왔으면 좋겠어. 태풍이 불면 온갖 쓰레기들이 세상을 뒤덮지. 사람들이 만들고 버린 쓰레기들. 소녀는 늘 망원경을 가지고 무언가를 찾았지. 그건 희망인지도 몰라. 희망도 볼 수 없긴 마찬가진데. 그래서 망원경으로 찾는 건지도 몰라. 비에 젖은 강아지들은 불쌍하다구. 태풍에 바들바들 떨던 소녀는 참으로 불쌍했지. 밖에는 부서진 우산이며 각종 비닐봉지며 간판들이며 하다못해 지붕까지 날아다녔어. 동굴 안에서 소녀의 냄새만은 떠나질 않았어. 소녀의 숨소리와 거친 내 호흡만이. 우린 안전한 동굴 안에 있었어. 너무 아늑했지. 바깥은 온통 쓰레기들뿐인데 말이야. 깊고 아늑한 동굴이었어. 더 이상 그렇게 따듯하고 온전한 동굴은 만날 수 없었어.

K는 조금 횡설수설했다. 소녀와 나 사이에 있었던 일을 어떻게 해서 K가 알고 있는 것인지 알 수 없었다. K에게도 그런 소녀가 있었을까?

내 아이가 경사와 자넬 좋아했지. 기억나나? 경사보곤 큰 고양이 아저씨, 자네보곤 작은 고양이 아저씨라고 부르곤 했잖은가. 하긴, 힘든 시기였지. 성범죄 특별반까지 편성하라고 위에서 워낙 쪼아대는 통에 말이야. 이 작은 마을에 무슨 그런 일들이 있다고. 내가 미치긴 미쳤나 봐. 아내에게 전화로 고백까지 했으니 말이야. 그때 그 소녀와 함께 있던 동굴을 잊지 못할 것 같다고. 모든 걸 털어버리고 그 소녀를 찾아 동굴로 들어갈 거라고. 망원경을 사서라도 그 소녀를 찾고 싶다고 말이야. 그것도 새벽 한 시가 넘어서 말이야. 분노보단 체념이 일더라고. 더 우스운 건 말이야. 아내가 교통사고로 죽고 나서 넉 달 만에 소녀를 생각하며 자위를 하고 있는 내 모습이었어.

청년이 가져다 준 커피를 K는 조금 마셨다. 멀리서 들려오는 파도 소리가 마치 삐걱거리는 침대 소리 같았다.

가장 원하는 게 뭔지 아나?

K가 커피를 부주의하게 마시는 바람에 턱을 타고 약간의 커피가 흘러내렸다.

복직도 아니고, 아내를 보는 것도 아니고, 그냥 단 한 번만 과거로 시간을 되돌리고 싶다는 거야. 태풍 불던 날 동굴 안으로. 단 한 번만. 그러나 시간을 역행할 순 없겠지?

커피숍을 떠도는 가벼운 연주곡이 오카리나 연주곡으로 바뀌었다.

아빠.

응?

그거 알아? 엄마가 다음 내 생일 때 커다란 공룡 인형 사 가지고 온댔어.

와, 좋겠구나.

아빠.

응?

밖에 작은 고양이 아저씨 와 있어.

그래? 잠깐 기다리라고 해.

무언가가 보이는 것 같았다. 그러나 실제 보이는 것과 머릿속에서 떠오르는 그림들이 뒤죽박죽되어 혼란스럽기만 했다.

아이가 보는 앞에서 자네가 나에게 수갑을 채웠지. 내가 가르쳐준 대로 아주 멋있게 말이야. 찰칵 하고. 그나저나 자네는 여전히 경찰 제복이 잘 어울려. 마치 보호색처럼 말이야. 자네가 나에게 했던 말 기억하나?

K는 다시 총구로 이마를 긁었다.

피해자는 용서해도 사회는 용서할 수 없다고.

K는 한숨을 쉬며 커피를 한 모금 마셨다.

모든 사건은 흔적을 남긴다. 이게 원칙 제1조가 아닙니다. 무언가가 들어가면 다른 무언가는 반드시 그만큼 빠진다. 이유 없이 팽창하거나 늘어나지 않는다. 토익 점수만큼 연봉과 직급은 오른다. 바로 이게 원칙입니다. 장래 경찰관이 되실 여러분들 모두 아시겠죠? 그러니까 시험 날까지 모두 잘 버텨야 합니다. 버티는 자만이 합격의 영광을 잡을 수 있습니다.

영어 강사의 말에 수강생들은 모두 웃음을 터뜨렸다. 제일 뒤에 앉아 있던 K와 나도 웃음을 참지 못했다. 경찰공무원 시험 준비를 할 때의 기억이 바람처럼 찾아왔다가 사라졌다.

아무런 실체도 없는 희망을 이 사회는 왜 자꾸만 팔아먹으려 들까? 고화질 텔레비전처럼 말이야. 현실은 흑백텔레비전도 안 되는데 말이야.

K가 잠시 손을 내린 다음 창밖을 바라보았다. 의자에서 일어나려 움직이자 선글라스를 낀 여자가 겁을 먹었다. K는 여전히 말없이 창밖만 바라보았다. 총을 쥔 손에 어쩐지 힘이 없어 보였다. 나는 조용히 몸을 일으키면서 선글라스 낀 여자를 어디서 보았는지 생각했다. 그러나 잘 기억나지 않았다. 나는 오로지 K의 행동과 눈에만 초점을 맞추었다.

그래서…… 그래서 어찌 되었나요?

여자가 다시 물었다.

모르겠어요. 잘 기억나지 않아요. 주위가 어두워요. 지독한 밤안개가 낀 것처럼 말이에요. 서로 총을 뺏다가 누군가가 총에 맞았어요.

누가 쏘았지요? 또 누가 맞았지요?

여자의 목소리엔 높낮이가 없었다.

그래, 분명 K였어요. 내가 덮쳤고 K가 쏘았어요. 그리고 내가 맞았어요. 배가 뜨거워졌어요. 그토록 뜨거운 기분은 처음이었어요. 몸 안에서 화산이 폭발하는 것처럼. 펄펄 끓는 용암이 복부에서 마구 쏟아지고 있었어요. 멀리서 오카리나 소리가 들려왔어요. 비명 소리가 들려왔어요. 기분 나쁜 소리였죠. 그래서 짜증이 났어요. K는 총을 떨어뜨렸어요. 어쩔 줄 모르는 표정으로 나를 내려다봤어요. K가 총을 떨어뜨린 걸 알자 밖에서 형사들이 들어와 K를 덮쳤어요. 내 몸은 더 뜨거워지고 복부에서 나온 열기 때문에 구역질까지 났어요.

나는 실제로 구역질이 났다. 내가 엎드려 구역질을 하자 여자가 나를 잡아주었다.

괜찮아요?

여자가 입고 있던 하얀 가운이 내 구토로 심하게 얼룩졌다. 여자가 나를 일으켜 세웠다. 나는 간신히 일어나 걸었다. 내가 걸을 때마다 나무로 된 바닥이 오래된 침대처럼 삐걱거리는 소리를 냈다. 갑자기 천장에서 조명이 켜지고 멀리서 들려오던 파도 소리가 멈추었다. 나는 눈이 부셨다. 잠시 눈을 감았다가 다시 뜨자 바닥 끝에 있는 계단이 보였다. 계단은 많지 않았다. 모두 다섯 계단이었다. 여자의 부축을 받으며 계단을 내려왔다. 뒤를 돌아보니 내가 서 있던 곳이 보였다. 입간판처럼 그랜드 오션 뷰 호텔이 서 있었고, 종이 상자로 만든 지구대 모습도 보였다. 무대 한가운데는 커피숍에서 보았던 의자와 탁자가 서 있었다. 누군가 의자 위에 손을 얹고 있었다. 소녀였다. 하얀색 티셔츠를 입고 있는. 나는 배를 만져보았다. 아무렇지도 않았다. 상처나 수술 자국도 없었다. 하염없이 손만 떨렸다.

얘야, 길이 생긴다는구나.

어머니가 말했다.

아빠.

응?

아빠는 언제 집으로 돌아와?

글쎄.

빨리 다녀와.

응.

보고 싶으니까 빨리 와야 해.

……

응.

흔적

무슨 이야기부터 할까. J였다면 분명 멋진 서두로 이야기했을 텐데. 아쉽군. 정말 아쉬워. 심호흡을 하고 천천히. 그래 먼저 나에 대해 말해보자. 난…… 난 말이야. 별거 아냐. 우선 나는 이백여섯 개의 뼈와 사 킬로그램의 지방. 그리고 사오 킬로그램의 단백질로 이루어져 있어. 내 키와 체중으로 계산하면 구십 리터의 물과 사 점 팔 리터의 피. 그리고 오백 그램의 소금과 이백 그램의 설탕이 내 몸 안에 들어 있지. 이게 나야.

사 킬로그램의 지방으로 만들 수 있는 고급 비누는 대략 오십 개. 내 몸에서 소금과 설탕 그리고 물을 빼내 비누와 함께 마트에 내다 팔면 대략 육만 구천 원. 그러니까 내 몸값은 육만 구천 원 정도야. 사람은 세포로 이루어져 있고 세상은 가격으로 이루어져 있지.

지구상에는 약 일경 마리의 개미들이 살고 있다고 해. 그것들의 몸무게를 합치면 칠십억 인구의 몸무게와 비슷하다고 하는군. 개미나 인류나 결국 지구 위에 발붙이고 사는 건 똑같다는 말 아니겠어?

삶이나 생명엔 무게가 없다고 언젠가 아버지는 말했어.

어쩌면…… 아버진 틀렸어.

J라면 분명 깔깔거리며 이렇게 말했을 거야.

누가 생물 선생님 아니랄까 봐.

그래 맞아. 난 생물학을 공부했어. 대학원까지 마쳤다구.

그거 알아? 인간의 뇌는 간사하다고. 눈이 본 모든 것을 머릿속에 담아두진 않는단 말이야. 눈은 카메라야. 아침에 보았던 버스정류장의 풍경을 떠올려봐. 버스를 기다리는 오 분여 동안 적어도 수십 대의 차량과 수십 명의 사람들이 눈앞으로 지나갔을 테지만 뇌는 그것들을 버렸어. 눈이라는 카메라에 비친 모든 사물들을 뇌는 독단으로 지웠어. 흔적도 없이 말이야. 그래, 맞아. 뇌는 편식을 고집하며 한쪽으로 지나치게 치우쳐 있지.

우리는 그런 뇌에 길들어 있고 인류의 뇌는 그렇게 진화해왔어. 생물학적으로 말이야.

그래, 그래. 세나 히데아키의 말처럼 인간은 모두 뇌의 화학반응에 춤추는 꼭두각시인지도 몰라. 너의 생각은 어때? 잘 모르겠다고? 괜찮아. 우리들의 생각이라는 것도 고작 신경세포의 연결방식에 따른 화학적 반응일 뿐이야. 아무런 생각을 하기 싫다면 시상하부나 측두엽 쪽에 문제가 있는지도 몰라.

이건 나와 J에 관한 이야기야. 그 전에 먼저 아버지 이야길 해야겠어. 왜냐하면 내가 생물학을 공부하게 된 건 아버지 때문이거든.

아버지는 죽었어. 작년 12월이야. 겨울이어서 그런지 태양은 아무런 열기도 없었고 몸체 없는 바람만 불던 날이었어. 아버지는 죽기 전에 당신이 죽으면 당신의 뼛가루를 우주로 보내달라고 말했어. 우주의 행성들이 나를 빨아먹기를. 아버진 그렇게 말했어. 아버지가 죽고 화장을 했지만 아버지의 유언을 지키진 못했어.

세상 모든 일이 그렇지만 문제는 가격 아니겠어?

우주라니. 내가 가진 돈으론 제주도도 빠듯해. 유언에서 알 수 있겠지만 아버진 우주를 연구하는 과학자였어. 생리학자였는데, 특히 우주 공간 간 이동에서 발생하는 물리적 · 화학적 신체변화를 중점으로 연구했지. 연구과제만 그럴싸했지 실속은 없었어. 가끔 어린이 과학 잡지에 글을 연재해 먹고살 정도였지.

중병은 사람을 낯설게 만들어. 아버진 냉철한 연구자였지만 중병으로 인해 삶의 막판엔 정신이 혼미했어. 오랫동안 잘 안다고 생각했지만 아버지의 그런 모습은 무척이나 낯설었어. 아무리 냉철한 이성의 소유자였다 하더라도 뇌세포의 고장에는 속수무책일 수밖에 없어. 죽음을 피할 구멍이 존재할 수 없듯이 말이야.

아버지의 폐 사진은 삶을 더 이상 들이마실 수 없을 만큼 쪼그라져 있었어. 터진 풍선처럼 불어도 불어도 공기를 채울 수 없을 것 같았어. 물론 아버지도 폐 사진을 보았어. 아버진 놀라거나 슬퍼하거나 울지 않았어. 사진을 보고는 이렇게 말하더군. 더 이상 납작해지지는 않겠구나. 아버진 그렇게 말하면서 희미하게 웃었지. 그때까지도 아버진 냉철했지만 그날 이후론 정신이 혼미해졌어.

세포가 나를 울린 건 그때가 처음이었어. 전자현미경으로 그저 관찰만 하던 세포가 말이야. 생기가 빠져나가 화석처럼 굳은 폐에는 구멍이 숭숭 나 있었지. 아버지가 아끼시던 화성의 돌멩이처럼 말이야. 삶이 끝난다는 건 굳어간다는 거야. 단단하게 말이야.

아버지는 돌아가시기 전날 이상한 말을 내게 했어.

서울에 있는 남산에 가면 말이야, '와룡묘(臥龍廟)'라는 게 있대. 와룡묘에는 삼국지에 나오는 와룡, 즉 제갈공명의 시신이 있고 와룡을 기리는 사당이 있어. 생각해봐. 제갈공명의 무덤이 왜 서울 남산에 있겠어. 그것부터가 말이 안 되는 거야. 아버지의 말에 따르면 와룡묘는 태조 이성계가 세운 사당이라고 하더군. 이성계가 제갈공명의 도움으로 위화도회군부터 여러 전략을 도움받았고 덕택에 조선을 건국하게 되었다는 거야. 제갈공명의 도움을 받은 이성계는 제갈공명의 죽음 이후 목멱산—목멱산이 지금 남산이야—에 그를 기리는 사당을 세웠고 말이야. 여기까진 그렇다고 쳐. 제갈공명이 언제 때 사람이야? 어떻게 천년도 훨씬 지나 한양에 다시 나타날 수 있겠어.

아버진 제갈공명이 이성계 앞에 다시 나타날 수 있었던 까닭은 제갈공명이 외계인이어서 그렇다는 거야. 증거? 물론 아버지는 증거를 무수히 말해주었지. 제갈공명이 속해 있던 행성은 M45 플레이아데스 성단 안에 있는 플랫 B인데, 그 행성인은 지구에 오면 산소 중독으로 폐결핵에 걸린다는 거야. 히포크라이업튼 입자가 미묘하게 달라서 그렇대.

『삼국지』에 나오는 유비도 외계인이라는 거야. 기록에 나오는 유비의 형상은 귀가 커서 어깨까지 닿고 팔이 길어 무릎을 지나며 키는 팔 척이나 되고…… 초견재견(初見再見) 외계인(外界人)이란 말이지. 제갈공명이 유비를 따라나선 것은 유비가 지구인이 아니라 같은 외계 종족이었음을 알았기 때문이고.

제갈공명은 죽은 것이 아니라 산소 중독을 피해 외계로 나간 것인데, 그만 지구로 돌아올 때 시대와 장소를 잘못 입력한 것이고.

아버진 나에게 플랫 B의 문자도 보여주었어. 내 눈엔 도형도 기호도 아닌 이상한 그림이었지만 말이야. 아버지의 망상증은 죽음이 다가올수록 가속도가 붙었어. 아마 산소 부족으로 인해 뇌가 미친 듯이 환상과 허상을 짜낸 탓이겠지.

1636년 병자호란. 1866년 병인양요. 1887년 에스페란토어 발표. 1947년 로스웰 UFO 추락 사건.

뭐라고요?

내가 묻자 아버진 다시 중얼거렸어.

1957년 스푸트니크. 1986년 보이저 2호 천왕성 통과. 2008년 이소연.

아버지.

어디 보자. 그렇지. 중력을 거슬러야 해. 중력을 비롯한 지구의 모든 법칙을.

아버지는 병실에서 그렇게 중얼거렸어. 아버진 나에게 담배 한 개비만 달라고 했어. 나는 망설였지. 그러나 드릴 수밖에 없었어. 어차피 담배 한 개비를 덜 피운다고 해서 아버지의 망가진 삶이 하루 더 연장되는 게 아니었기 때문에 말이야.

아버진 담배를 들고 병원의 어두운 지하로 갔어. 어디선가 고양이 한 마리가 지나가며 노을처럼 길게 허리를 뻗치곤 하품을 했어. 지하는 장례식장과 연결되는 통로였는데 폐쇄되어 있었지. 그곳은 환자들이 몰래 담배를 피우는 곳이기도 해. 그게 아버지가 피운 마지막 담배야. 마지막 담배에 불을 붙이는 순간 담뱃불은 우주 먼지를 삼키는 태양의 화염처럼 어둠 속에서 불타올랐어.

지구의 운명은 거스를 수 없음이다.

아버지가 말했어. 지하 복도는 너무 어두웠고 아버지가 피우는 담배 냄새만 풍겼어. 그러나 매캐하거나 독하지 않고 어쩐지 쑥냄새처럼 적당히 몽롱한 냄새가 났어. 야옹. 고양이가 지나갔어.

지구에 발을 붙이고 사는 지구인들은 지구의 운명을 그대로 닮았다. 그게 진화며 적응이고 인간들의 숙명이다. 중력을 벗어나면 지구 위에 있는 모든 것들은 우주로 빨려간다. 아주 먼 우주로. 만유인력을 거슬러선 절대 안 된다. 지구는 중력에 맞는 생물과 무생물만 품는다. 그것만이 법칙이다. 지구 위에 사는 생물들은 그 법칙에 따를 뿐이다. 그래서 인간들은 절대로 벗어나지 않는다. 그러나 나는 이제 벗어난다. 자유롭게. 우주의 행성들이 나를 빨아먹기를.

아버지가 피우던 담배의 불빛이 꺼졌어.

내 생은 말이다.

매생이요?

아니, 내 생.

아버지가 들고 있던 담배가 힘없이 바닥으로 떨어졌어. 그 담배를 끝으로 아버진 돌아가셨어.

아버지의 죽음으로 나는 이 세상과 완벽하게 고립되었지. 그러니까 생물학적으로 말이야. 어머니의 얼굴은 본 적도 없고 내겐 친척이나 형제도 없어. 생물학 공부를 하다보니 마흔도 훌쩍 뛰어넘었어. 애인은 포르노 영화 속에만 있고 말이야.

내가 생물학을 공부하겠다고 마음먹은 것은 진리를 알기 위해서야. 진리를 찾는 건 아버지의 꿈이었기도 하고 말이야.

수학이나 물리에도 사실 답이 없어. 말 등에 실은 안장에 삼각형을 그려봐. 삼각형 내각의 합이 어떻게 되나. 유클리드기하학도 무너졌지. 갈릴레이 이후 상대성이론에 따라 운동과 정지는 절대모순이 아니라 공존하는 게 되었으니 말이야. 빛은 파동이자 입자야. 지구 위에 있는 나무는 정지해 있지만 자전에 따라 움직이고 있어. 절대모순이 서로 공존하고 있지. 신화? 전설? 역사? 정치? 방송? 엿이나 먹으라지. 유일한 진실은 뭐가 있겠어? 세포들의 생리현상뿐이야. 심장이 멎으면 사람은 죽는다. 그것만큼은 절대적이지. 어느 날 느꼈던 따뜻한 바람이나 촉촉한 비를 기억하는 것은 뇌세포지 바람이나 비가 아니란 말이야. 언제나 새로운 형태의 그림자를 만드는 것은 태양이지 태양이 새로운 형태로 변하는 것은 아니다. 아버진 그렇게 말했어. 그랬던 아버지가 죽었어. 진리는커녕 정신이 혼미한 상태로 말이야. 아버지의 주검은 액자 안에 갇혀 있는 그림 같았어.

2월의 어느 날이야. 날은 무척이나 흐렸고, 공기 속에 차가운 금속이라도 섞여 있는 것처럼 바람이 날카로운 날이었어. 아버지의 사십구재를 치르러 가기 위해 나는 중고차 한 대를 샀어. 알아, 알아. 내 몸보다 훨씬 비싼 값이지. 납골당에서 아버지의 유골을 잠시 본 다음 유골함에서 뼛가루를 꺼낼지 말지 잠시 망설였어. 한동안 망설이기만 하다가 나는 납골당을 빠져나왔어. 도시로 돌아가고 싶지 않았어. 도시는 너무 무거워. 두께가 오십 킬로미터나 되는 지각 위에 아스팔트와 시멘트까지 깔았어. 철근으로 된 고층빌딩도 그렇고. 방학이어서 일거리도 없고 말이야. 이유는 알 수 없지만 나는 무거움에서 벗어나고 싶다는 생각을 했어.

나는 아무 생각 없이 운전만 했고 그에 따라 내 몸은 자동차의 바퀴처럼 무감각하게 굴러갔어. 7번 국도를 따라 무작정 남쪽으로 내려가는 중이었지.

국도에 있는 간이 휴게소에 잠시 들렀어. 출출함을 느꼈지만 먹을 만한 것은 보이지 않았어. 나무로 만든 조잡한 공예품을 파는 가게가 있었고 그 옆엔 태극기를 비롯해 세계 각국의 국기를 파는 간이 건물이 있었어. 이토록 한적한 국도 변에 세계 국기라니. 너무 안 어울리잖아? 휴게소의 건물들은 2월의 흐린 날처럼 쓸쓸해 보였어. 휴게소에서 일하는 사람들은 모두 비슷한 모습이었어. 하나같이 어두운 색깔의 패딩점퍼를 입고 있었고 추위에 갈라진 피부는 굳어버린 빵처럼 푸석해 보였고 말이야. 사회생물학에 따르면 그럴 수밖에 없을 거야. 동일 지역에 사는 사람들은 같은 환경에 장기간 노출됨으로써 멜라닌 색소나 체형이 비슷할 수밖에 없으며 또 유전자들도 동료형질로 변한다는 길버트 박사의 연구 논문이 생각날 정도였어. 화장실에 들렀다 나온 나는 어묵을 먹으며 그 지역의 관광안내도를 보고 있었어. 어디로 갈까 하고 말이야. 구름은 잔뜩 부풀어 있었고 어디선가 비린내가 풍겨 왔지.

그때 은색의 BMW 한 대가 내 뒤에 섰어. 어묵 국물을 마시는 사이에 BMW에서 남자와 여자가 내렸어. 여자는 목도리를 두르며 종종걸음으로 나를 지나쳐 화장실로 갔어. 내가 아는 누군가와 닮았다는 생각을 잠시 가졌지만 이런 한적한 국도 변의 휴게소에서 만날 만한 사람이 아니라서 나는 다시 관광안내도를 보았지. 남자가 화장실 입구에서 뭐라고 말하자 여자는 깔깔거리며 화장실로 들어갔어. 웃음소리가 아니었다면 나는 그들을 지나쳐 내 차로 돌아갔을 거야. 소리 진동이 청각중추까지 도달하고 소멸한 뒤에도 내 귓속에는 여자의 웃음소리가 떠나지 않았어. 아마 뇌의 편식 탓이겠지. 나는 잠시 머뭇거리며 여자가 화장실에서 나올 때까지 기다렸어.

건물 뒤로는 아주 메마른 자갈밭이 있었어. 자갈밭 앞에는 경고판이 있었는데, 거기에는 상습 침수 구역이므로 입수나 수영을 금지한다는 내용이 적혀 있었어. 경고판 때문에 그곳이 하천이었다는 걸 알 수 있었지만 끝없이 자갈들만 펼쳐져 있어서 어디서부터가 하천인지 아닌지조차도 알 수 없었어. 세상은 늘 이 모양이야. 생물학 말고는 모든 게 불분명하지. 나는 작은 돌멩이를 하나 집어 마른 하천으로 던졌어. 돌멩이는 멀리 가지 못하고 자갈에 부딪쳤어. 손에서 돌멩이 냄새가 희미하게 전해져 왔고 말이야.

어머, 선생님.

화장실에서 나온 여자가 나를 알아보고 말했어. 여자는 하얀 목도리를 풀어 얼굴을 보였어. J였어.

저 기억나지 않으세요?

J는 언제나 그랬던 것처럼 깔깔거리며 말했어.

기억하느냐고? 기억하고말고. 어떻게 기억하지 않을 수 있겠니. 웃음소리도 웃음소리였지만 J가 쓴 시험 답안 때문에 나는 그녀를 기억하지 않을 수 없었어. 변연계와 신피질에 작용하는 도파민과 아세틸콜린의 여러 작용에 대해 서술하라는 시험문제에 J는 단편소설을 써낸 학생이었어. J가 쓴 소설은 여자 약사의 이야기였어.

약사는 개업이나 취업을 하지 않고 아르바이트로 약국 일을 하는데, 그녀가 좋아하는 일은 조제실에서 투약하기 좋게 약을 분류하는 일이야. 그녀는 그 일만을 고집했는데, 그녀는 색깔별로 나누는 것을 너무 좋아하기 때문이었지. 그녀는 어릴 때부터 색깔별로 나누는 것을 좋아했는데, 지금도 휴일이면 옷장 안에 있는 옷을 색깔별로 나누거나 냉장고 안에 있는 음식을 색깔별로 정리해. 그녀는 방과 거실도 색깔별로 나누고 점점 그 상황에서 벗어나지 못한다. 뭐 그런 이상한 이야기였어.

채점을 하던 주에 나는 J와 만나 대화를 나누었어. 아마 늦은 5월이었을 거야.

난 네가 제출한 답안지에 점수를 줄 수 없어. 이유는 너도 알겠지?

J는 억울하다는 표정을 지었어.

저는 생물학적으로 정확한 답안을 작성했다고요.

이 엉터리 소설이 어째서 생물학적이라는 거니?

음식을 먹으면 팽창한 위장관에서 콜레시스토키닌cholecy-stokinin이 분비되고, 이 호르몬이 식욕중추를 자극하면 포만감을 느끼죠. 열두 쌍의 뇌신경 중 3번, 4번, 6번 뇌신경이 눈동자를 움직이죠. 양쪽 측두엽은 청각중추와 긴밀한 관계가 있어요. 양쪽 편도체가 손상된 쥐는 시력이 정상임에도 불구하고 고양이를 두려워하지 않죠.

그래, 맞아. 잘 아는구나. 그게 바로 생물학이지.

그러니까, 저는 제대로 답을 한 거예요.

J의 얼굴은 여전히 억울한 표정이었지만 느닷없이 깔깔거리며 웃었어.

그게 무슨 소리니? 넌 생물학적인 답을 쓴 게 아니라 소설을 쓴 거라고. 사람과 동물이 다른 것처럼 소설과 생물학은 분명 달라.

아니에요. 저는 분명 똑같은 답을 쓴 거예요.

과학적이지도 않고 분석적이지도 않아.

분석으로 만든 과학은 세상을 단순하게 만들 뿐이죠.

나는 J를 한동안 바라보았어.

글쎄. 나 같은 생물 선생에겐 와 닿지 않는 이야기구나.

J에 대한 여러 가지 소문이 들렸고 J는 2학년을 끝마치지 않고 학교를 자퇴했어. 나는 다른 학교에 시간강의를 맡아 그 뒤로 소식을 듣지 못했어. 그러다가 거기서 만난 거야. 이 년 만에.

그래, J구나. 여긴 어쩐 일로.

내가 그렇게 말했을 때 화장실에서 나온 남자가 J를 불렀어. 남자는 튀어나온 광대뼈와 눈두덩 때문에 그리스의 조각상처럼 단단해 보이는 얼굴이었지만 나이는 나보다도 훨씬 위인 것 같았어.

누구? 아버지시니?

내 말에 J는 소리 내어 웃었어.

촌스럽게 누가 아버지랑 여행을 다녀요? 우린 경주로 가는 중이에요.

J는 남자에게 손을 흔들었고 남자는 어색하게 웃으며 나를 봤어.

선생님은요?

나? 나는 그냥 혼자.

휴대폰 번호나 알려주세요. 연락할게요.

J와 나는 휴대폰 번호를 주고받았어.

J는 나에게 눈을 찡긋하며 윙크하더니 남자에게로 갔어. 은색의 BMW 바퀴는 엔진 소리를 움켜쥐고 천천히 주차장을 빠져나갔어. 조용하지만 육중한 소리였어. 마치 저음의 베이스 같은. BMW가 빠져나가자 주차장은 다시 적막 속에 갇혔어. 라디오에서 나오는 광고 소리가 어디선가 흘러나와 잠시 동안의 적막을 깼지.

선생님, 그거 아세요? 누군가가 가슴안에 딱딱한 것이 느껴져, 라고 말하면 선생님은 그저 염증이 있는지도 몰라, 라고 말할 테죠.

언젠가 J가 했던 말이 떠올랐어. 주차장이 매우 낯설어졌고 세상의 중심으로부터 차단된 것 같은 기묘한 느낌이 들었지. 차가운 금속이 섞인 듯한 바람은 여전히 날카로웠어. 내 차로 돌아가는데 J에게서 문자가 왔어. 경주로 놀러 오라는 문자였지. 내일이면 둘이 만날 수 있다고.

나는 차로 돌아가서 지도책을 꺼냈어. 경주라. 손가락으로 경주까지 이어진 길을 훑었지. 손가락 끝이 미묘하게 흔들렸어. 지도에서 지진이라도 일어난 것처럼 말이야. 깔깔거리는 J의 당돌한 웃음소리가 다시 들려오는 것 같았어. 다른 뜻? 글쎄. 숨은 뜻이 있었는지는 잘 모르겠어. 나는 J라는 세포 덩어리를 연구하고 싶었어. 학교를 그만두고 밀월여행이라니, 대단하잖아? 분명 뭔가 있다. 난 직감적으로 느꼈지. 뭐랄까, J는 단단한 씨앗을 감추고 있는 과일 같았어. 부드러운 과육을 벗겨내야만 단단한 씨앗을 볼 수 있지. 전자현미경을 통해 합성과 분열을 살펴보듯 J를 관찰하고 싶었어. 씨앗 같은 속마음을 말이야. 그것은 참으로 묘한 매력이었어. 천오백 배율짜리 올림푸스 생물현미경을 선물 받았던 중학생 때 이후 가장 흥분되는 일이었어. 시동을 걸려고 하는데 어디선가 야옹 하고 고양이가 어슬렁거리며 지나갔어.

이 세상에는 사십만 가지 이상의 냄새가 있어. 개는 인간보다 이천 배에서 천만 배 이상의 후각 능력을 가지고 있고. 지금까지 밝혀진 바에 따르면 이 세상에는 칠만 가지의 맛이 있지만 인간은 네 가지의 맛과 고통만 구분하지. 이 세상에는 수백 가지의 광선이 있지만 인간이 구분할 수 있는 빛은 가시광선뿐이고. 이 말을 하는 건 인간이 동물보다 우월하지도, 못하지도 않다는 거야. 삶이나 생명엔 무게가 없다는 아버지의 말처럼 말이야. 그저 그런 생물일 뿐이지. 분하지만 뭐 어쩌겠어.

경주는 생각보다 넓더군. 톨게이트를 지나면 J의 흔적을 쉽게 찾을 수 있을 줄 알았어. 어느 여관에 차를 세워두고 조금만 걷다 보면 J가 흘린 흔적을 쉽게 찾을 줄 알았어. 그래서 J가 식사하는 모습이나 술 마시는 모습을 훔쳐볼 수 있을 줄 알았지. 그러나 유적지나 보문관광단지나 불국사나 서로 떨어져 있어 자동차로 가도 족히 삼사십 분이나 걸리는 거리더군. 흘린 흔적을 찾는 건 쉽지 않았어. 고급 호텔이 있는 보문관광단지가 유력했지만 그곳도 무척이나 넓더군. 그래서 나는 다시 톨게이트 부근까지 돌아왔어. 왜냐하면 톨게이트는 심장과 같은 곳이니까 말이야. 왼발 넷째 발가락까지 가든, 오른손 새끼손가락까지 가든, 어디든 재빨리 출발할 수 있는 중심이니까 말이야.

나는 톨게이트에서 가장 가까운 여관에 묵었어. 어차피 하루가 지나야만 볼 수 있을 테니. 저녁을 먹고 산책을 하는데 오르골 박물관이 있더군. 꽤 괜찮았어. 내가 마음에 든 것은 오르골이 영구동력으로 작동한다는 점이었어. 세상의 모든 전기나 에너지가 끊겨도 태엽만 감아주면 계속해서 음악을 내보낼 수 있거든. 생명체가 아닌 것에 감동을 받기는 처음이었어. 어떻게 보면 그것은 단순하기 때문에 가능한 일이야.

나는 히사이시 조라는 일본 음악가의 애니메이션 주제곡이 담긴 오르골 하나를 샀어. 여관에 돌아오는 길에 맥주와 간단한 안줏거리를 샀고 말이야. 오르골을 들으면서 맥주를 마셨어. 알코올은 뇌의 혈류량을 증가시키고 늘어난 혈류량에 에너지를 쏟다 보면 뇌는 한동안 다른 일을 못 하지. 그래서 나는 더 이상 생각하기 싫을 때 술을 마셔. J에 대해 여러 가지 떠오르는 생각들이 싫었어. 세포를 직접 관찰하기 전까지 그 어떠한 속단도 금물이야. 왜냐하면 인간의 심리라는 게 간사하거든. 사전에 지닌 정보로 인해 사실을 왜곡시킬 수 있기 때문이야. 일종의 프레임 효과지. 유명 화가의 그림을 싸구려 액자에 끼우고, 어린이의 그림을 고급 액자에 끼워 전시장까지 바꿔 전시하면 대다수의 사람들은 전시장 밖에 있는 유명 화가의 그림보다 전시장 안에 걸린 어린이의 그림 앞에서 호감과 경탄을 쏟아내지. 나는 생각에 지친 뇌를 풀어주려 술을 마시며 오르골을 들었어.

새벽이 밀려와 어둠을 흔들고 있을 때 나는 겨우 잠자리에 들었어. 오르골도 멈추었고, 대신 비가 내리더군. 창문에 달라붙어 있는 빗방울은 가로등 불빛을 머금고 있어 반딧불처럼 밝게 빛났어. 낮에 보았던 메마른 하천이 떠올랐어. 비가 많이 내리면 하천이 구분될까? 소설과 생물학이 똑같다니, 도대체 J는 무슨 생각일까. 갑자기 J가 너무 보고 싶었어. 미친듯이 과육을 벗기고 속에 숨어 있는 단단한 씨앗을 보고 싶었지.

잠들기 직전엔 이 모든 게 꿈이 아닐까 하는 생각까지 들더군. 되새김질을 하는 초식동물처럼 J와 나누었던 대화들을 떠올렸지만 그럴수록 뒤엉키는 것 같았어. 술기운 탓인지, 빗소리 탓인지 J의 얼굴과 웃음소리가 빗물에 녹아내리는 종이 같았어.

아버진 어머니도 없이 왜 그토록 필사적으로 나를 길렀을까. 사람들은 왜 자신의 유전자를 남기고 싶어 하는 걸까. 그다음엔 뭐가 있는데? 그다음엔…… 진짜…… 뭐가 있지?

다음 날 거짓말처럼 J에게서 전화가 왔어. 나는 약속 시간보다 조금 일찍 대형 콘도의 커피숍에 도착했지. J는 약속 시간에 정확히 맞춰 나왔어. 나는 커피를 J는 콜라를 시켰어. 빨대와 함께.

나쁜 자식이에요.

J는 의자에 앉자마자 핸드백에서 봉투를 꺼냈어. 봉투를 테이블 위로 휙 집어던졌어.

내 몸값이 고작 십만 원이라니. 형편없는 자식.

나는 하마터면 마시던 커피를 뱉을 뻔했지.

하긴 돈이 필요한 건 아니지만.

그렇게 말하고 J는 깔깔거리며 웃었어. 당신 같으면 그런 J에게 뭐라고 말할 것 같아? 정직한 건 세포뿐이라지만 이건 너무

하잖아.

요즘 어떻게 지내?

한마디로 바보 같은 질문이었어. 눈앞에 있는 J의 말을 들으면서 그따위 질문을 하다니 말이야. 멍청하긴. 그건 누가 봐도 당황함을 감추기 위한 위장이었어.

그야 물론, 필사적으로……

필사적으로?

필사적으로 소설을 쓰고 있죠.

J는 깔깔거리며 웃었지만 거짓말 같진 않았어.

색깔별로 옷을 나누던 이상한 약사 이야기?

그걸 기억하세요?

뇌는 늘 편식하거든. 고집불통에.

마음에 들어요. 그 말. 뇌는 편식한다는 말. 그건 그만큼 나를 생각하고 있었다는 말 아니에요?

글쎄. 그런가?

나는 웃을 수밖에 없었어.

언젠가 나에게 했던 말 기억나세요? 모든 생물은 생존하는 데 필요한 것만 진화시킨다. 그런데 소설이란 게 과연 인간이 생존하는 데 필요한 것인가 하고요.

그랬던 것 같기도 하고.

선생님, 행복을 상자에 담으려면 어떻게 해야 하죠? 측두엽? 해마? 시상하부?

넌 여전히 엉뚱한 말만 하는구나.

생물의 기본 목적은 자신의 유전자를 남기는 것이다. 선생님이 그랬죠. 생물학적 유전자를 아직까지 남기지 않은 불쌍한 우리 선생님.

J는 그렇게 말하고 빨대로 콜라를 마셨어. 빨대로 콜라를 빨아들이는 소리가 마치 나를 홀라당 빨아 마시는 것처럼 들렸어.

종잡을 수 없는 궤변은 과학이 아니야.

내가 말하자 J는 혀를 내밀어 메롱, 했어.

처음엔 요것 봐라 하고 호기심과 흥미가 생겼어. 마치 새로운 세포를 발견한 것처럼 말이야. 그러나 커피숍에 앉아 두어 시간 이야기를 나누다 보니 어쩐지 외롭더군. 부드러운 과육을 벗기면 곧바로 단단한 씨앗이 나올 줄 알았지. 그래서 네 감각중추의 D4형의 도파민과 두정엽 4번 기저에 문제가 있을걸, 하고 간단하게 진단을 내릴 줄 알았어. 우린 경주의 대형 콘도의 일층 커피숍에 함께 있지만 그건 함께 있는 게 아니었어. 태양계 안에 여러 행성이 속해 있지만 서로 자기 궤도를 유지하는 것처럼 말이야. 마주 보고 있었지만 그것은 끝없는 평행선과 같았어. 마치 기찻길처럼 말이야. 그것만큼 지독한 것도 없을 거야. 함께할 수 없으면서 끝없이 마주 봐야만 하니 말이야. 남는 것은 지독한 외로움뿐이지. 그러면서 함께 만나는 이유가 뭘까. 그건 외로움을 없애려 함이지. 그럼에도 다시 외로운 건 뭐지?

더 이상한 건 말이야. 지독한 외로움을 갑자기 느끼다 보니 왠지 J와 더욱 함께 있고 싶다는 생각이 드는 거야. 아버지가 나를 키우기 시작한 게 아마 지금 내 나이였지? 이상하게도 J의 하얀 얼굴을 보고 있으니 단단한 씨앗 안으로 들어가고 싶다는 생각이 자꾸 드는 거야. 그 안에 나를 집어넣고 아주 깊은 잠에 빠지고 싶다는 생각이 떠나지 않았어.

선생님도 외로우세요?

응? 글쎄. 그저 그래.

나는 애써 웃었어. 거짓말. 바보 같은 거짓말.

선생님, 저는요, 과학과 기술과 단층촬영이 저를 외롭게 만들어요. 과학은 적나라한 햇빛과 같아져서 더 이상 숨을 그늘이 없어졌죠.

그래, 그렇구나.

선생님은 내 말을 이해 못하는군요.

난 그저 불쌍한 생물 선생일 뿐이니까.

피, 내 말은 선생님은 선생님이 낸 시험문제도 모른다는 말이에요.

무슨 문제?

시상하부에 과오종hamartoma이라는 뇌종양을 가진 사람은 홍소발작laughing seizure을 일으킨다. 과오종의 주요 증상인 홍소발작은……

주요 증상은 아무 때나 깔깔거리며 웃는 것이지.

과오종은 현재로서는 치료가 불가능하다. 말기일 경우 여섯 달을 넘길 수 없다. 머리에 톱질을 한다고 해도. 의사 선생님 말씀이에요. 병에 걸리는 것도 과학인가요?

J는 깔깔거리며 웃었어. 빨대를 입에 문 채. 갑자기 시베리아 벌판이 생각나더군. 황량한 시베리아 벌판에 말이야, 거대한 철문이 사방에 있고 굳게 닫힌 철문 안에 나 혼자 서 있는 느낌이 들었어. 뭔가 말을 하려 했지만 철문처럼 내 언어중추는 닫혀버렸어.

그럼, 너……

내가 말했지만 J는 내 눈길을 피해 창밖을 보더군.

와, 새싹이다.

J는 창밖 잔디밭에 막 나기 시작한 새싹을 보며 다시 웃었어.

커피숍을 어떻게 빠져나왔는지 잘 기억나지 않아. 분명 눈이라는 카메라는 모든 것을 보았을 텐데 이놈의 뇌가 또다시 편식을 한 거지. 아무런 흔적도 기억하지 못하고 말이야. 우린…… 아마 걸었던 것 같아. 해가 질 때까지. 난 아무 말도 못 했어. 마냥 부끄러웠지. J의 말처럼 내가 떠들던 수업을 그토록 모를 수 있다니. 심한 죄책감마저 들었어. 난 풍선이 된 것 같았어. 아무런 생각 없이 두둥실 바람에 떠다니는. 고양이가 느릿느릿 걸어갔고, 약간의 군것질도 한 것 같은데 무엇을 먹었는지 그것도 생각나지 않아. 다만 입안에 소금기가 남아 있어 뭔가 먹었다는 느낌만 감돌았어.

생각나는 건 한 치 앞도 보이지 않는 어두운 여관방부터야.

J와 나는 어둠 속에 누워 있었어. 내가 어둡다고 중얼거린 것 같아. 그러나 J는 커튼을 열지도 불을 켜지도 못하게 했어.

우리 어둠 속에서 나가지 말아요. 난 어두운 게 좋아요. 어둠 속에선 더 이상 잃을 것도 없어요. 어둠 속에선 그림자조차도 잃어버리기 때문에.

J는 그렇게 말했어. 난 J의 말을 들으며 겨우 정신을 차렸어. 난 손으로 더듬어보았어. J의 몸이 곁에 있었어. 내 몸도 만져졌고. 우린 발가벗은 것 같았어. J는 내 손을 잡아 자신의 몸을 만지게 했어.

이건 몸이 아니라 무덤이에요.

무덤. 무덤이란 말이 어쩐지 어둠 속에선 매우 아늑하게만 느껴졌어. 이유는 알 수 없지만 무덤이란 말을 입안에 가득 머금고만 싶었어.

사랑한다고 말해줘요.

J가 말했어.

사랑해.

난 녹음기처럼 J의 말을 따라했어.

이 세상에서 네가 사라지면 나는 너무 슬플 거야, 라고 말해줘요.

이 세상에서 네가 사라지면 나는 너무 슬플 거야.

네가 죽어도 난 너의 흔적을 기억할 거야, 라고 말해줘요.

네가 죽어도 난 너의 흔적을 기억할 거야.

J의 몸이 약간 움직였어. 그러자 오르골 소리가 났어.

이 오르골 나에게 선물로 주세요. 그리고 내가 죽으면 나와 함께 묻어줘요. 아주 먼 훗날 누군가가 와서 내 무덤을 파헤치면 내 몸은 이미 흙이 되었겠지만 누군가는 이 오르골을 켜서 듣겠죠. 그러면 나는 사라진 게 아닌 거예요.

나는 무슨 말인지 몰랐어.

흔적만큼 슬픈 건 없어요. 그러나 사라지기 전에 흔적은 남겨야 하죠. 그게 내가 소설을 쓰는 이유예요. 그거 기억나요?

뭐?

언젠가 수업시간에 선생님이 했던 농담. 젖소에게 바나나를 먹인다고 바나나 우유가 나오진 않지. 그것이 생물학이다.

그랬던가.

강의해줘요.

무슨 강의?

잠들기 전까지 선생님의 생물학 강의가 듣고 싶어요.

처음엔 망설였어. 어떤 이야기를 해야 할지 생각나지 않았으니까. 그러나 J를 위해선 뭔가 떠들고 싶었어. 두서없이 마구 이야기했지. 발생학, 세포학, 분자유전학, 생화학……

언젠가 소설과 생물학은 다르다고 말했죠. 그러니까 어쩌면 그건 거울 같아요. 자신을 보기 위해 거울이 필요할 뿐이지 거울을 위해 거울이 필요한 게 아니잖아요. 그래서 거울은 한계가 있어요. 거울에겐 다른 거울이 필요하죠. 그러니까 내가 선생님의 거울 역할을 하는 거예요. 선생님의 거울. 선생님은 나의 거울. 내가 죽을 때까지만이라도. 난 아직 떠날 준비가 안 되었는데.

J는 약간 울었어.

거울.

내가 말했어.

어둠에 묻힌 거울.

J가 말했어.

내일은 나빠요. 항상 오늘을 버리니.

그렇게 말하고 J는 잠들었어. 그러나 나는 잠이 오질 않더군. 오랫동안 어둠 속에 가만히 있었어. 그랬더니 희미하게 사물의 흔적들이 보이더군. 뚜렷하진 않지만 말이야. 알 수 있는 건 흔적밖에 없었어. 어디선가 고양이의 울음소리가 들렸어. 모든 생물은 자신의 흔적을 남긴다. 유전자든 복제든. 그런데, 그래서. 그다음엔 뭐가 있지? 우주 밖에는 또 뭐가 있지?

그래 내 짧은 이야기는 이게 다야. J는 육 개월을 넘기지 못할 거라는 의사의 말보다 일 년을 더 살았어. 나와 함께. 우린 서로에게 거울이었거든. 난 J의 피가 묻은 휴지를 버리지 않았어. J가 휴지에 쏟은 피는 말랐지만 아직까지 체온이 있는 것처럼 따듯해.

J는 결국 죽었어. 아마 가을이었을 거야. 아버지의 유언은 들어주지 못했지만 J의 유언은 들어주었어. 오르골을 함께 묻었거

든. J는 나에게 자신이 쓴 소설과 아기를 남겼어. 이를테면 흔적들이지. 그 아기가 내 아이인지는 모르겠어. 간단한 검사로 알 수 있지만 난 하지 않았어. 어쩌면 내 아이가 아닐 수도 있을 거야. 난 궁금하지 않아. 왜냐하면 내 아이든 아니든 J의 흔적인 건 분명하니까 말이야.

난 가끔 J가 쓴 소설을 읽어. J가 쓴 소설들 중에는 이렇게 시작하는 소설이 있어.

그래 먼저 나에 대해 말해보자. 난…… 난 말이야. 별거 아냐. 우선 나는 이백여섯 개의 뼈와 사 킬로그램의 지방. 그리고 사오 킬로그램의 단백질로 이루어져 있어. 내 키와 체중으로 계산하면 구십 리터의 물과 사 점 팔 리터의 피. 그리고 오백 그램의 소금과 이백 그램의 설탕이 내 몸 안에 들어 있지. 이게 나야.

너무 신기하지 않아? 거울이라더니 말이야. 그러니까 소설과 생물학이 다르다는 내 생각은 틀렸어.

아이가 칭얼거려. 자다 깬 모양이야. 어머니 없이 아버지가 나를 키운 것처럼 나 역시 J 없이 아이를 혼자 키우고 있어. 아마 유전인가 봐. 아이가 오줌 마렵다고 해. 급한 마음에 아이의 고추에 컵을 댔어. 아이가 요즘 오줌을 막 가리기 시작했거든. 오줌을 싸는 소리가 참 시원해. 삶이나 생명엔 무게가 없다는 아버지의 말. 그 말도 어쩌면 틀렸어. 어깨가 요즘 너무 무겁거든.

언젠가 아버지가 말했어.

생물학에서 진실을 찾니?

네.

그러지 마라. 모든 생명체는 불완전하단다.

난 다시 아이를 재우고 J가 남긴 소설들을 읽어. 아 참, J와 경주에서 헤어지던 날 J는 나에게 소리쳤어.

선생님, 거북이는 왜 하늘을 날지 못하죠?

그건, 그건 말이야. 발생학적으로나 유전학적으로나, 분류학적으로나, 구조학적으로……

아이가 나중에 어머니에 대해 물으면 난 이렇게 말할 거야. 무덤에서 오르골을 찾아라. 그것에 네 어머니가 있다. 죽은 사람은 아무런 생각을 하지 않지. 생각은 살아 있는 사람만 해. 어느 쪽이 행복하지? J가 떠난 가을날만 떠올라. 가을이 보고 싶어.

흔적은.

흔적은…… 말이야.

해설

고장 난 기계가 사랑을 꿈꾸는가

이수형

1. 우물 안으로 떨어지는 돌멩이

2000년대에 발표된 박성원의 단편이 수록된 두 권의 소설집 『우리는 달려간다』(문학과지성사, 2005)와 『도시는 무엇으로 이루어지는가』(문학동네, 2009)에서 작가는 소설 속의 세계와 그 안에 존재하는 인물들의 삶을 결정하는 총체적인 틀frame을 탐구하고자 했다. 이러한 시도는 연작소설이라는 형태를 통해 상당한 집중력을 발휘한 결과 '인타라망'이라는 다소 낯선 이름으로 혹은 '도시'라는 비교적 익숙한 이름으로 명명된 모종의 틀을 제시하는 데 성공했다.

인타라망(因陀羅網)은 무한히 큰 그물인데, 이 책은 인타라망

이라는 거대한 그물을 빌려 세상살이가 그물처럼 서로 촘촘히 엮여 있다는 것을 말하고 있어요.[1)]

'우리는 달려간다 이상한 나라로' 연작에서 모든 사건들을 촘촘히 엮고 있는 큰 그물로서의 인타라망은 "자신의 행복이 다른 사람의 불행과 무슨 관련이 있나, 다들 이렇게 생각하지만 어디 두고 보시오. 내 말이 틀리나. 한 사람의 입에서 웃음이 가득하면 다른 사람의 눈에서는 피눈물이 흐르는 법이지요"라는 부연 설명에 의해 저주 가득한 운명으로 의미화된다. 이러한 운명적 예언이 박성원의 소설에서 근대성에 대한 회의와 비관으로 전환될 수 있는 이유는 사람들 사이에 발생하는 행불행의 충돌이 바로 합리성의 이름으로 수행/자행되기 때문이다. 그 결과 스스로를 "가장 이성적이고도 인간다운 사람"으로 자임하는 주체가 실은 "합리적인 괴수"에 불과하다는 사실이 밝혀진다.

그건 말이야, 전체와 규칙이 깨지기 때문이야. 너 하나 때문에 엉망이 되고 만단다. 이 세상 누구나 경기장에서 태어나 트랙에서 살고 있단다. 그래서 모든 사람들이 이어달리기 주자야. 어쩔 수 없는 일이란다. 그게 삶이고 운명이란다.[2)]

---

1) 박성원, 「인타라망—우리는 달려간다 이상한 나라로 5」, 『우리는 달려간다』, 문학과지성사, 2005, p. 178.
2) 박성원, 「도시는 무엇으로 이루어지는가」, 『도시는 무엇으로 이루어지는가』, 문학동네, 2009, p. 73.

한편, '도시는 무엇으로 이루어지는가' 연작에서 고대로부터 인류 문명의 발상지였으며, 이제 문명의 첨단이라고 칭송되는 현대 도시는 전체와 규칙을 보존하기 위해 이어달리기로서의 삶을 강요하는 트랙으로 형상화된다. 그게 어쩔 수 없는 일이고 또 운명이라는 것인데, 이때의 필연적 운명은 하늘의 별자리나 신과 같은 초월적 존재에 의해 주어진 것이 아니라 시스템, 물론 사람이 만들었겠지만 "컴퓨터 안의 부속이 어떻게 생겨먹었든, 인터넷이 어떤 원리로 작동하든 알지 못"하는 것처럼 내부가 베일에 가려진 어떤 틀에 의해 주어진 것이다.

이번 소설집 『하루』의 서두에 놓인 표제작 「하루」는 전작의 '인타라망'이나 '도시'에 이어진 주제를, 그러나 그러한 명명을 의식적으로 전면에 내세우지 않고도, 따라서 일상의 삶에 보다 자연스럽게 안착된 방식으로 조형하고 있다. 그렇다고 해서 "세상살이가 그물처럼 서로 촘촘히 엮여 있"으며 전체와 규칙을 보전하기 위한 이어달리기가 "삶이고 운명"이라는 예언의 무게가 감해지는 것은 아니다.

"누군가의 하루를 이해한다면 그것은 세상을 모두 아는 것이다." 갓 백일이 지난 아기를 뒷좌석에 태우고 운전을 하던 여자는 버스에 붙어 있는 책 광고에 시선이 멈춘다. 그러나 그것도 잠시, 그녀는 영업 마감 시간 전에 닿기 위해 은행으로 가는 길을 서두른다. 언뜻 보기에 평범하기 짝이 없는 일상을 서술하는

「하루」는, 그러나 사건의 전개 과정을 분 단위로 정확히 고지하면서 출구 없는 긴장감을 조성하기 시작한다.

여자가 꽉 막힌 간선도로를 빠져나온 것은 오후 세 시 십구 분, 은행이 있는 건물에 도착한 것은 세 시 오십오 분, 이미 만차인 주차장을 돌아 나와 근처 골목에 차를 대고 간신히 은행 업무를 마치고 빠져나온 것은 네 시 이십구 분. 그런데 그녀가 골목으로 돌아왔을 때 차는 사라지고 없다. 물론 뒷좌석에 태워져 있던 아기도 없다.

불법주차되어 있던 여자의 차가 견인된 시각은 정확히 네 시 이십팔 분. 난독증 때문에 학교생활에 적응하지 못하는 한 소년이 그 시각 견인차 앞을 지나고 있다. 뒷좌석에 아기가 있다는 사실을 모르는 견인차 기사는 무심코 그녀의 차를 끌고 가면서 전봇대에 견인 고지서를 붙인다. 소년은 고지서를 떼어내 천천히 읽으면서 집으로 향한다. 단 일 분 차이로 여자는 자신의 차가 견인되었다는 사실을 알 수 없게 되는데, 그 일 분은 곧 영원히 따라잡을 수 없는 운명의 시간임이 밝혀진다.

혼란 끝에 그녀의 남편이 경찰로부터 연락을 받은 것은 일곱 시 팔 분, 119 구조대에 의해 병원으로 옮겨진 아기의 사망 추정 시각은 여섯 시 삼십구 분, 아기의 부검이 끝난 시각은 다음날 오후 세 시 이십육 분. 그 시각 병원 침대에 누워 있던 그녀는 만 하루가 지났음을 깨닫는다. 그녀의 하루를 이해한다면 그것은 세상을 모두 아는 것이다. 왜냐하면 그녀의 하루는 세상 전체와 "그물처럼 촘촘히 엮여" 있기 때문이다.

> 눈을 감기 전 마지막으로 본 시계의 모습이 어른거렸고, 째깍째깍 움직이는 초침 소리가 들려오는 듯했다. 여자는 눈을 감은 채 머릿속으로 초침 움직이는 소리를 따라했다. 째깍째깍, 째깍째깍. 그러자 어쩐 일인지 그 소리에 맞춰 춤추는 나비가 어둠 속에서 보였다. 견인기사 때문이야. 아니야, 진하게 코팅한 탓이야. 아니야, 은행 영업시간 탓이야. 아니야, 정체 탓이야. 아니야, 연극 탓이야. 아니야, 아버지 탓이야. 아니야, 모르겠어. 여자는 눈을 감은 채 입술을 열어 조용히 째깍째깍 소리를 냈다. (「하루」, p. 33)

여자의 하루는 견인기사와 코팅과 은행 영업시간과…… 그리고 다른 모든 것과 "촘촘히" 게다가 "째깍째깍" 엮여 있다. 그 그물-틀에는 어떤 초월적인 의지도, 심지어는 B급 영화스러운 어떤 음모조차도 개입되어 있지 않으므로 그녀가, 아니 어느 누구도 세상사가 어떤 이유에서 어떤 식으로 연결되어 있는지를 파악하기란 불가능하다. 누군가의 하루를 이해한다는 것이 역설적으로 누군가의 하루를 이해한다는 것은 불가능하다는 것을 이해하는 것이라면, 한때 연극을 했던 그녀가 무심히 중얼거리는 대사처럼 "우리는 그저 깊은 우물 안으로 떨어지고 있는 돌멩이에 불과"하지 않은가?

2. 보여주는 것과 가리는 것

「하루」의 결말은 여자의 하루를 미시적으로 조망하던 시선이 갑자기 줌아웃 되는 것으로 끝을 맺는다. 그것은 각각 별개로 서술되던 병원(여자의 아기가 있는)과 영안실(난독증 소년의 아버지가 있는)이 하나의 화면 안에 들어오는 공간적 줌아웃인 동시에 더 주요하게는 하루가 이틀로, 이틀이 일 년으로, 십 년으로, 백 년, 천 년, 만 년으로 멀어져가는 시간적 줌아웃이기도 하다.

여자의 아기가 있는 병원과 그가 있는 영안실은 팔 점 사 킬로미터 떨어져 있으며, 지하철로 가기 위해선 한 번의 환승이 필요하다. 폭설과 강추위는 그 뒤 이틀간 더 지속되었고, 그 기간 동안의 강설량은 관측 사상 네번째로 많은 양이었다. 주가지수는 백십사 포인트 오른 채 그해 장을 마감했으며, 사람들은 연말연시를 보낼 여행지 검색에 분주했다. 연말에 있는 연예인들의 시상식 프로그램은 그해 최고의 시청률을 기록했고, 버스에 광고판이 붙은 그 책은 국내에서도 베스트셀러를 기록했다. 십 년 동안 태풍이 한반도에 상륙한 것은 사십이 회였고, 가뭄이 구십여 회, 게릴라성 집중호우가 여섯 차례 있었다. 백 년 동안 큰 전쟁만 하더라도 열두 차례 벌어졌고, 천 년 동안 해수면의 온도는 일 점 이 도 올라갔으며, 만 년 동안 새로 발견된 질병은 팔천구 백팔십이 종이었다. 매년, 몇십 년 동안 많은 일들이 있었지만 그러나 일식처럼, 하루하루는 잊혀갔다. (「하루」, pp. 38~39)

「하루」의 결말은 공간적 줌아웃을 통해 개별적인 사건들이 총체적인 인타라망을 형성하거나 인타라망 안으로 포섭되어 있음을, 또한 시간적 줌아웃을 통해 그 인타라망이 누군가의 삶이나 의지와는 무관하게 무심히, 운명적으로 혹은 필연적으로 작동하고 있음을 기정사실화한다. 우물 안으로 떨어지는 돌멩이가 중력의 법칙을 거부할 수 없듯, 누군가의 하루 역시 그 그물로부터 자유로울 수 없다.

이처럼 줌렌즈를 통한 거리의 임의적 조정이 누군가의 개별적 삶과 우주적 차원의 총체적 운동을 접속시키는 효과를 산출하고 있거니와, 「하루」뿐 아니라 박성원의 소설 전반에 걸쳐 시각적 · 광학적optical 상상력이 주도적으로 작용하고 있다는 사실은 익히 알려져 있다.[3] 예컨대 1990년대에 발표된 박성원 소설의 대표작 중 하나인 「댈러웨이의 창」이 제시하는 "창을 통해서 사각의 벽 속에 있는 실제를 엿볼 수 있다고 했지만 그것은 실제가 아닌 그림자일 뿐이다"[4]라는 메시지 역시 '보다'라는 행

3) '도시는 무엇으로 이루어지는가' 연작에 이어 이번 소설집에 수록된 「어느 맑은 가을 아침 갑자기」 「분노와 복종 사이에서 그녀를 찾아줘」 「저녁의 아침」에 공통적으로 등장하는 망원경, 그리고 「흔적」에 등장하는 현미경 등의 광학기기 역시 이를 예증하고 있다.

위의 의미에 대한 천착에서 비롯된 것이다. 제목이 암시하는 바대로 가공의 인물 댈러웨이가 찍은 사진은 곧 창frame이다. 이 창—틀은 한편으로는 벽 뒤에 은폐된 실재에 접근할 수 있도록 하는 유일한 통로이지만, 다른 한편으로는 바로 그렇기 때문에, 다시 말해 창—틀의 안쪽을 보여주지만 바깥쪽은 가리기 때문에 또 다른 은폐와 왜곡을 낳는 장애물이기도 하다. 비유하자면, 창—틀은 무수한 그물코 중 하나다.

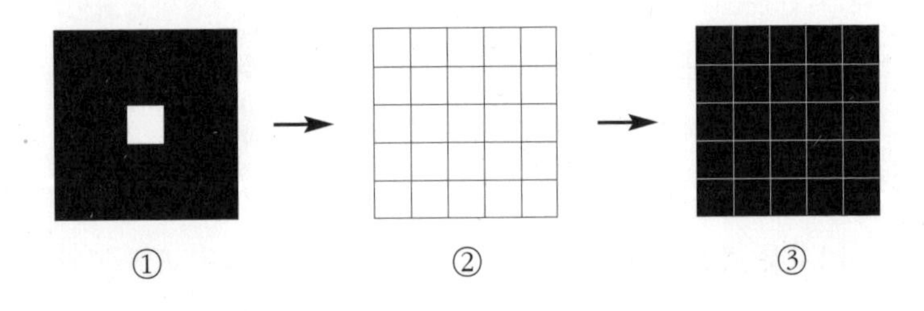

창은 틀 안쪽을 보여주는 동시에 틀 바깥쪽을 가린다(①). 이를 두고 「아내 이야기」에 등장하는 소설가는 "눈에 보이는 것만이 진실은 아니다. 눈에 보인다고 해서 그것이 모두 진실인 것은 아니다"[5]라고 말하기도 했다. 『우리는 달려간다』와 『도시는 무엇으로 이루어지는가』에서 박성원은 창—틀을 그물—틀로 발전시켰다(②). 그것은 창—틀 안에서 바깥으로의 줌아웃이며 그물코로 이루어진 그물 전체를 조망하려는 총체적인 기획이다.

---

4) 박성원, 「댈러웨이의 창」, 『나를 훔쳐라』, 문학과지성사, 2000, p. 32.
5) 박성원, 「아내 이야기」, 『도시는 무엇으로 이루어지는가』, p. 206.

물론, 관념적으로 그물-틀 전체를 인식할 수 있다 하더라도 현실적으로 그 전체를 파악하거나 재현하는 것은 불가능할 것이다. 따라서 촘촘히 엮여 있는 그물-틀의 인과관계는 글자 그대로 암시(暗示)되고 있을 뿐, 실제로는 아무것도 보이지 않는다(③). 그래서 「하루」에서 여자의 차를 견인했던 기사는 말한다. "정말입니다, 정말입니다, 아무것도 보이지 않았습니다." 견인기사는 자신이 보지 못한 것이 뒷좌석의 아기일 뿐이라고 생각하겠지만, 기실 그가 보지 못한 것은 "촘촘히" "째깍째깍" 얽혀 있는 세계 전체이다.

그 사실을 여자는 잘 알고 있다. "여자는 눈앞에 갑자기 생긴 얼룩 때문에 하나도 보이지 않았다. 눈을 감았다가 떠도 얼룩은 사라지지 않았다. 앞이 안 보여. 여자는 손을 내밀어 얼룩을 떼어내려 했지만 손에 잡히는 것은 없었다"(p. 32). 그래서 그녀는 실제로 아무것도 보지 못한다. 보이지 않는 운명과 마주한 극도의 혼란 상태에서 「하루」의 여자는 "나 앞이 안 보여. 눈앞이 온통 얼룩투성이야"(p. 25)라고 호소한 바 있거니와 발표상으로 앞서는 「얼룩」은 시간상으로는 그녀의 후일담이다. 언젠가부터 그녀에게는 "마주 오던 사람이 난데없이 혀를 쑥 내밀 듯 갑자기 얼룩이 보이기 시작했다"(p. 76). 그런데 얼룩은 보이는 것인가, 가리는 것인가?

—사람이 옷에 얼룩도 좀 묻히고 해야지.

언젠가 여자는 남편의 세탁할 옷을 챙기다가 문득 생각했다. 결혼한 지 십 년이 넘었다. 그 동안 남편은 옷에 얼룩 한 번 묻혀온 적이 없었다. 남편을 보면 여자는 언제나 째깍째깍 움직이는 시계가 연상되었다. 결코 멈추지 않는 시계. 여자는 옷 갈아입는 시계를 보면서 하루, 한 달 그리고 일 년을 가늠하며 살 수 있었다. (「얼룩」, p. 79)

"도무지 이탈이라는 것을 모르는", "째깍째깍 움직이는 시계"를 연상시키는 남편을 배경으로 의미화되는 얼룩은 촘촘히 엮여 있는 그물-틀을 교란하는 증상으로 자리잡는다. 박성원은 이미 「중심성맥락망막염」에서 시각과 관련된 신경증후군을 중요한 소재로 다룬 바 있지만, "자신이 보려는 사물을 붙잡고 이것이 실재하는 것인지 아니면 내 눈에만 보이는 것인지 [……] 의심해본 적 있습니까?"라는 주인공의 고백[6]에서 드러나듯 이때의 증상은 그 진위와 의미를 해석해야 하는 어떤 것이었다. 이와 달리 「얼룩」에서 얼룩(이 보이는 증상)은 그 의미를 해석해야 하는 대상이기보다 주체가 동일시하려는 대상 그 자체가 된다.[7] 그래서 얼룩은 나비가 되고 여자는 "나비처럼 팔을 움직이며 날갯짓"을 하다가 궁극에는 나비가 될 것이다.

---

6) 박성원, 「중심성맥락망막염」, 『나를 훔쳐라』, p. 45.
7) 이는 '증상의 해석'에서 '증상과 더불어'로 이동하는 라캉의 변화와 비교할 만하다.

얼룩은 눈에 보이는 동시에 눈을 가린다. 여자는 얼룩이 눈앞을 가려 아무것도 보이지 않는다고 생각하지만, 그리고 아마도 그게 상식적인 판단이겠지만, 어쩌면 알 수 없는 운명의 그물 앞에서 말 그대로 눈앞이 캄캄해져 아무것도 볼 수 없게 된 그녀에게 불현듯 얼룩이 보였던 것은 아닐까? 만약 그렇다면 한 치 앞도 보이지 않는 암울한 그물에 걸려든 그녀가 유일하게 볼 수 있는 얼룩은 그녀를 "촘촘히" "째깍째깍" 얽어매고 있는 그물 사이를 유유히 날아다니는 한 마리 나비라고 해도 좋을 것이다. 그리하여 그 얼룩—나비와 동일시한 그녀 역시 "사십 년이 되도록 지켜왔던 시간과 시계와 그것으로부터의 탈출"을 꾀한다. 세계를 뒤덮고 있는 인타라망이라는 거대한 그물에 걸리지 않도록 그녀—나비를 구할 수 있을 것인가?

3. 소설과 생물학

『우리는 달려간다』를 다룬 이전의 글[8]에서도 언급한 바 있듯이, 박성원의 소설은 강한 결정론determinism, 백과사전적 정의에 따르면 "인간의 행위를 포함하여 이 세상에서 일어나는 모든 일은 우연이나 선택의 자유에 의하여 일어나는 것이 아니라,

---

8) 이수형, 「결정론적 세계의 증상(들)—편집증, 자기기만, 우울」, 『세계의 문학』 2006년 봄호.

일정한 인과관계의 법칙에 따라 결정된다는 이론"의 세례를 받고 있다. 세상은 그러한 인과관계로 정교하게 엮여 있는바 이런 맥락에서 『하루』에 수록된 단편들 역시 이러저러하게 서로 연결된다. 「하루」의 여자가 「얼룩」에도 등장하는 것은 물론이고, 「분노와 복종 사이에서 그녀를 찾아줘」와 「어느 맑은 가을 아침 갑자기」에서 망원경을 지니고 있던 소녀는 「저녁의 아침」에도 여러 차례 얼굴을 내밀며, 「분노와 복종 사이에서 그녀를 찾아줘」에서 '나'의 전 아내와 만나던 시추선 선원 출신 이혼남은 「어느 맑은 가을 아침 갑자기」에서 제목 그대로 갑자기 목을 매 죽는다. 이처럼 소설들 사이를 우왕좌왕하는 관계망으로부터 어떤 인식에 이를 수 있을까? 아무튼 단지 우연일 뿐이라 의미 없는 것처럼 보이기도 하는, 암호 아닌 암호를 그냥 지나치지 못하는 박성원의 소설은 때로는 편집증적 망상을 마다하지 않으면서까지 세계를 이해하고자 한다. 이러한 세계 이해의 최종적인 도달점이 바로 인타라망일 텐데, 애써 도달한 그 결론이 우리를 행복하게 해주지 못한다는 것은 앞에서 살펴본 바와 같다.

> 신화? 전설? 역사? 정치? 방송? 엿이나 먹으라지. 유일한 진실은 뭐가 있겠어? 세포들의 생리현상뿐이야. 심장이 멎으면 사람은 죽는다. 그것만큼은 절대적이지. 어느 날 느꼈던 따뜻한 바람이나 촉촉한 비를 기억하는 것은 뇌세포지 바람이나 비가 아니란 말이야.

세포를 직접 관찰하기 전까지 그 어떠한 속단도 금물이야. 왜냐하면 인간의 심리라는 게 간사하거든. 사전에 지닌 정보로 인해 사실을 왜곡시킬 수 있기 때문이야. 일종의 프레임 효과지. (「흔적」, pp. 206, 214)

이번 소설집의 마지막에 수록된 「흔적」은 「하루」의 결말에서 보였던 극단적인 줌아웃에서 다시 줌인으로 거리를 조정하여 현미경적 수준에서 우리를 지배하는 생물학적 결정론을 문제 삼는다. 생물학 전공의 시간강사 '나'는 "인간은 모두 뇌의 화학반응에 춤추는 꼭두각시"라고 믿고 있다. 댈러웨이의 창–틀이 그랬던 것처럼, 프레임을 통해 보는 것은 보여주는 동시에 속인다. 그것은 일종의 프레임 효과를 산출할 뿐이다. 더 많이, 가림이나 속임 없이 모든 것을 보기 위해서는 그 창–틀을 넘어서야 한다. 줌아웃을 통해 극단적인 거시의 세계로 나아가거나 줌인을 통해 극단적인 미시의 세계로 들어가거나, 방향은 반대일지언정 의도는 동일하다. 그리하여 현미경의 고배율 렌즈를 통해 세포들의 생리현상이라는 "유일한 진실"에 도달한다. 인타라망이 세상의 모든 것을 결정하듯, 세포 역시 인간의 모든 것을 결정한다. "누군가의 하루를 이해한다면 그것은 세상을 모두 아는 것이다." 이 거시적인 결정론의 명제를 흉내 낸다면, 누군가의 세포를 이해한다면 그것은 인간을 모두 아는 것이라고 말할 수도 있을 것이다.

'나'는 2년 전 강의실에서 봤던 J와 우연히 다시 만난다. '나'가 그녀를 기억하는 것은 쉴 새 없이 깔깔대는 웃음소리 때문이다. 감각중추의 D4형의 도파민과 두정엽 4번 기저에 문제가 있는 걸까, 아니면 홍소(哄笑) 발작을 일으키는 뇌종양 때문일까? 또한, 그녀는 도파민과 아세틸콜린의 작용에 대해 서술하라는 시험문제에 단편소설을 써낸 엉뚱한 학생으로 기억되기도 한다.

약사는 개업이나 취업을 하지 않고 아르바이트로 약국 일을 하는데, 그녀가 좋아하는 일은 조제실에서 투약하기 좋게 약을 분류하는 일이야. 그녀는 그 일만을 고집했는데, 그녀는 색깔별로 나누는 것을 너무 좋아하기 때문이었지. 그녀는 어릴 때부터 색깔별로 나누는 것을 좋아했는데, 지금도 휴일이면 옷장 안에 있는 옷을 색깔별로 나누거나 냉장고 안에 있는 음식을 색깔별로 정리해. 그녀는 방과 거실도 색깔별로 나누고 점점 그 상황에서 벗어나지 못한다. 뭐 그런 이상한 이야기였어.

〔……〕

이 엉터리 소설이 어째서 생물학적이라는 거니?

음식을 먹으면 팽창한 위장관에서 콜레시스토키닌cholecystokinin이 분비되고, 이 호르몬이 식욕중추를 자극하면 포만감을 느끼죠. 열두 쌍의 뇌신경 중 3번, 4번, 6번 뇌신경이 눈동자를 움직이죠. 양쪽 측두엽은 청각중추와 긴밀한 관계가 있어요. 양쪽 편도체가 손상된 쥐는 시력이 정상임에도 불구하고 고양이를 두려워하지 않죠.

그래, 맞아. 잘 아는구나. 그게 바로 생물학이지.

그러니까, 저는 제대로 답을 한 거예요.

J의 얼굴은 여전히 억울한 표정이었지만 느닷없이 깔깔거리며 웃었어.

그게 무슨 소리니? 넌 생물학적인 답을 쓴 게 아니라 소설을 쓴 거라고. 사람과 동물이 다른 것처럼 소설과 생물학은 분명 달라.

아니에요. 저는 분명 똑같은 답을 쓴 거예요. (「흔적」, pp. 209~10)

색깔별로 약을 나누고 옷을 나누고 주변의 모든 것을 나누는 한 약사가 등장하는 소설이 생물학과 무슨 관련이 있을까? 세포의 생리현상이, 뇌와 신경과 호르몬의 작용이 약사의 강박증적 심리를 결정하고 있다는 말일까? 올리버 색스의 『아내를 모자로 착각한 남자』 정도까지는 아니더라도 일찍이 "자기 정체성의 상실에 관한 임상학적 보고서"[9]라는 평을 받은 바 있는 박성원의 소설에는 신경과나 정신과 병원에서 볼 법한 인물들이 자주 등장했던 것이 사실인데, 『하루』 역시 여기서 예외가 아니

9) 우찬제, 「연기하는 '이상한 가역 반응'—박성원론」, 『문학과사회』 2000년 겨울호, p. 1179.

다. 「얼룩」의 여자는 남편에게 끌려갔던 정신병원에서 뛰쳐나오고, 「볼링의 힘」에는 자신을 외계인으로 믿는 인물이 등장하며, 「분노와 복종 사이에서 그녀를 찾아줘」에서 '나'는 이상한 환각을 보며, 「저녁의 아침」은 소설 전체가 정신병적 환상인 것처럼 보인다.

「저녁의 아침」에서 자신의 거침없는 말투를 당황스러워하는 상대방에게 한 여자가 "제겐 심한 강박증이 있는데 약물치료와 심리치료를 오래 받다 보면 저처럼 솔직하게 말하는 부작용이 생길 수도 있다고 하더군요"(p. 163)라고 변명하는 대목처럼, 성격마저 치료의 부작용으로 환원하는 박성원의 소설이야말로 생물학적인 소설이 아닌가? 어쩌면 그럴 수도 있겠으나, 또 그게 전부는 아니다. 왜냐하면 「흔적」에서 J의 깔깔거리는 웃음소리를 신경생물학으로 설명하려던 '나'는 소설이 끝나갈 무렵 이렇게 말하고 있기 때문이다. "J는 나에게 자신이 쓴 소설과 아기를 남겼어. 이를테면 흔적들이지. 그 아기가 내 아이인지는 모르겠어. 간단한 검사로 알 수 있지만 난 하지 않았어. 어쩌면 내 아이가 아닐 수도 있을 거야. 난 궁금하지 않아. 왜냐하면 내 아이든 아니든 J의 흔적인 건 분명하니까 말이야"(p. 223).

박성원의 소설에서 사랑이라는 주제가 등장하는 것은 흔치 않으며 심지어는 낯설기조차 하다. 남녀 관계는 주로 성욕이라는 생물학적 영역에 속하거나 많이 양보해도 뇌와 호르몬의 문제였기 때문이다. '나'와 J의 관계 역시 성욕이나 호르몬의 문제로 환원될 수 있을까? 설사 그렇다고 하더라도 J가 남긴 아이를 떠안는 것은 다른 문제일 것이다. 물론, 이마저도 '나'의 신경세포에 이상이 생겨 합리적인 판단을 내릴 수 없을 정도로 지나치게 감정적이 된 탓으로 설명할 수 있을지도 모른다. 그렇더라도, 적어도 고장 난 인간 기계human machine에게는 사랑을 기대할 수 있다는 것 아닐까?

박성원의 소설이 "탈출이나 구원의 가능성보다는 철저하게 그것의 불가능성에, 영원히 낙망할 수밖에 없는 현대인들의 비참함에 초점을 맞추고 있"[10]다면, 그것은 보이는 것(이는 또한 가리는 것이기도 하다)을 끊임없이 의심하고 더 많이 보고 알려하기 때문이다. 그러나 인타라망이나 도시 혹은 뇌세포를 보면 볼수록, 알면 알수록 정교한 결정론적 틀로부터의 출구는 쉽게 보이지 않는다. 이런 점에서 제목 그대로 '흔적'으로만 남은 사랑의 가능성이 박성원 소설에서 지닌 의미는 작지 않은 것으로 보인다. 사랑과 뇌세포 사이에서, 소설과 생물학 사이에서 희망의 흔적을 찾아줘.

10) 강동호, 「악몽 속 세상, 세상 속 악몽」, 『작가세계』 2011년 가을호, p. 89.

수록 작품 발표 지면

하루 『세계의 문학』 2009년 가을호

볼링의 힘 『문학과사회』 2011년 봄호

얼룩 『작가세계』 2009년 가을호, 2010년 제55회 현대문학상 수상작

어느 맑은 가을 아침 갑자기 『한국문학』 2010년 가을호

분노와 복종 사이에서 그녀를 찾아줘 『문학수첩』 2009년 가을호

저녁의 아침 『작가세계』 2011년 가을호

흔적 『문학동네』 2012년 봄호